鳴響雪松 *10* Анаcтa

阿納絲塔

目次

序言

現在是格里曆二〇一〇年，地球上已有第一批人從萬年的沉睡中甦醒。他們必須觀察地球在他們沉睡時經歷了什麼、瞭解背後的原因，將發生的一切記在腦海當作防毒，以免未來重蹈覆轍。

他們記下了難以計數的車禍和戰爭，記下了城市惡臭的空氣和嚴重的水汙染，記下了人類在沉睡時身體遭受的各種疾病侵襲，記下了……

他們目前還無法闡明原因，不過他們一定可以的，肯定可以！他們會讓地球恢復原始起源的樣貌。

一個小孩帶著笑容走在西伯利亞生機盎然的泰加林深處，毫無畏懼的樣子，沒有什麼會攻擊他。相反地，野獸隨時都準備好在他需要時衝上前幫忙。這個幼小的人類有如皇室繼承人般走在自己的王國，喜歡觀察昆蟲、松鼠和鳥兒的生命，研究花朵也品嚐草和漿果的味道。等他長大後就會讓這個美麗的世界更完美。

而你們的小孩現在在哪裡?他們呼吸著怎樣的空氣?喝著怎樣的水?長大後要做什麼?

言歸正傳……

1 緣起

本書的一開始，我決定為讀者重提十五多年前發生在西伯利亞的故事，好讓沒有讀過《俄羅斯的鳴響雪松》叢書的人明白來龍去脈。在描述自己初次遇見這位不尋常的西伯利亞隱士阿納絲塔夏時，我會試著進一步旁徵博引。

阿納絲塔夏住在西伯利亞泰加林深處，父母和歷代祖先也都住在那裡。她生活的地方距離偏遠西伯利亞最近的村莊也有二十五至二十七公里左右，沒有馬路去到那兒，甚至連小徑也沒有，如果不請嚮導，幾乎是到不了。她生活的林間空地與泰加林的其他空地大同小異，只是看起來比較有人照料，花卉也比較多。阿納絲塔夏生活的空地沒有任何建築或火堆，但這就是她認定的祖傳空間。

一九九四年，我第一次遇見阿納絲塔夏時，她二十六歲。

住在西伯利亞的阿納絲塔夏非常漂亮，若以「美貌出眾」形容，一點也不為過。你自己想像一個年輕女子，身高一百七十公分出頭，身材勻稱，不像現在模特兒那樣乾癟，而是如體操選手般玲瓏有緻。她的五官端正、眼睛藍灰色，如麥穗般的金色頭髮垂至腰間。

或許你在任何地方都能看到外表類似的女人，但我認為你絕對找不到有人的內在特質與她相同，而那正是這位泰加林女人美貌出眾的原因。她所有的外在特點都反映了她完美的健康狀態，像是她舉手投足間的順暢與輕盈，以及健步如飛的腳步，讓你覺得她的體內好像蘊含某種源源不絕的能量，大到能以無形的光芒溫暖周遭萬物。

阿納絲塔夏的注視可以讓人的身體暖和起來，她在瞇起眼睛、以特別的眼神看你時，即便隔了一段距離，你的全身仍會發汗，特別是腳。毒素排出體外，流汗後你會覺得自己好多了。

總而言之，我認為阿納絲塔夏對泰加林所有植物的瞭解，再加上內在的某種能量，讓她能為人治療幾乎任何疾病，至少她在幾分鐘內就用注視治好了我的潰瘍，不過她卻斷然拒絕繼續為我治療。

「疾病是神與人之間認真的對話。」阿納絲塔夏曾說，「神和你同時感到疼痛，祂要讓你知道你的生活方式有問題。只要你改變生活方式，疼痛就會消失，病也自然好了。」

阿納絲塔夏有個特殊能力：她在描述事情時，聽者的腦中或眼前實際的空中會出現她所描述的景象，而且她創造出來的影像遠遠優於現代電視的影像，不僅立體，還有事情發生當下的味道和聲音。

看來某個時期的人類也曾擁有這種能力。要知道，技術治理時代的人類從未發明過大自然中不存在的東西，這代表早期的人類文明中說不定早就有類似現代電視或電話的東西，但是更完美。

阿納絲塔夏給我看過創世以來不同時期的人類生活，她展示的世界絕大部分都與她的祖先有關。

如果要用一句話形容阿納絲塔夏的能力，應該可以這麼說：住在泰加林的阿納絲塔夏在基因的記憶中保留了她家族——從第一個被創造以來的人至今——的知識、經驗和情感，而且能夠隨心所欲地運用。

她還能模擬人類未來的生活景象。

阿納絲塔夏在西伯利亞泰加林的生活與現代城市的人類生活相去甚遠，為了讓你瞭解她的生活環境，我必須先解釋一下什麼是西伯利亞泰加林。這是俄國幅員最廣且白雪覆蓋的古老森林，在歐俄地區綿延八百公里，西伯利亞西部到東部相距兩千一百五十公里，面積相當驚人。泰加林現在被稱為地球之肺，的確，一大部分的游離氧都來自於此。

要知道泰加林區早在冰河來臨前就已成形，所以只要研究現代泰加林區的生物，我們就能瞭解冰河時期的地球生物。

之前還曾在永凍土發現保存良好的小長毛象遺體，現在已移到聖彼得堡動物學博物館收藏。

想要瞭解冰河時期前的泰加林動物實在不簡單，現代泰加林的動物不勝枚舉，包括山貓、狼獾、花鼠、紫貂、松鼠、熊、狐狸和狼。還能看到北方鹿、赤鹿、駝鹿、西方狍等有蹄動物，以及鼩鼱、老鼠等各式各樣的齧齒動物。

松雞、花尾榛雞、星鴉、交喙鳥等鳥類也是隨處可見。

冬天時，絕大多數的動物會進入休眠或冬眠，科學家對這種身體機能的狀態研究不多，倒是越來越多研究宇宙的科學家對此感興趣。

說到植物，泰加林擁有豐富多樣的灌木種類，包括杜松、忍冬、醋栗、柳樹等等。你可以找到山桑、越橘、蔓越莓、雲莓等多種富含維他命的漿果，以及酢漿草、鹿蹄草、蕨類等食用草。

這裡有高達四十公尺的大樹，例如雲杉、冷杉、落葉松、松樹，還有特徵獨一無二的雪松，科學家有時把它稱為松樹。我就直說了吧，我認為不能這樣稱它，但又能怎樣呢？就讓科學家專心研究他們所謂的松樹吧，我要講的是沒有其他樹木能相比的西伯利亞雪松。為什麼沒有其他樹木能相比？雪松的果實相當獨特，因此值得擁有獨立的名稱。西伯利亞雪松果實的品質——這些雪松子，遠遠優於地球其他氣候帶的雪松果實。關於這點，早在一七九二年，帕拉斯（Pallas）院士就曾寫信給凱薩琳大帝說過了。

砍下來的雪松木依然保有特殊的芬多精，所以雪松製成的衣櫥從來不會有衣蛾孳生。《舊約聖經》的所羅門王似乎也知道雪松的神祕特質，不僅以雪松建造一座神廟，甚至以國內多座城市交換特別挑選的雪松。

但神廟內出現的雲霧卻曾導致神職人員無法供職（〈列王記上〉8：11）。

查過許多描述西伯利亞雪松的資料後，我認為雪松是冰河時期前的代表植物，來自生物意義上較為先進的其他文明，這樣的想法並非無憑無據。

這種植物如何經歷星球浩劫而存活下來，並且在我們的世界重生？

雪松種子不受冰天雪地影響，可以保留很長一段時間，等到氣候適宜時再發芽、適應新的環境，這種適應能力直到今天依然沒變。

雪松果實有何獨特之處？為什麼現在我們能夠堅定地說這是現代最純淨、最有療效的食物呢？

雪松子含有所有必要的維他命。托木斯克大學曾有科學家進行研究，找來負責車諾比核災善後工作而體內殘留過量輻射的人員，將雪松油加入他們的日常飲食。實驗結果顯示，這些善後人員的免疫力都開始提升。

雪松油沒有任何禁忌症，連孕婦和哺乳的母親都能食用。

雪松果核還有一個奧祕：在雪松不準備結果的期間，某些雌性毛皮動物不會讓雄性靠近自己，因此不會受孕。現在沒人知道雪松如何讓動物知道它們當年不會結果，畢竟動物是在春天交配，雪松果則在深秋成熟；光看雪松外表也難以判斷會不會結果。

泰加林還有很多動物賴以維生的其他植物，俄羅斯中部類似的泰加林動物更沒有雪松子吃，所以這些以雪松子為食的雌性動物為何覺得，沒有這種食物就不能受孕、生育呢？

很多人都知道，特別是泰加林雪松區的動物毛皮品質遠遠優於其他地區。無論科學家或專家怎麼調配飼料，牧場飼養的動物都沒有品質相當的毛皮。西伯利亞雪松區紫貂的毛皮品質向來穩居世界之冠。

眾所周知，毛皮動物的皮毛品質可以反映棲息環境的狀況；所以說，如果動物食用松果後有所改善，人類也應如此，尤其是孕婦。現代女性沒有足夠的高品質食物，無法生出健康的胎兒，而這種情況對社會有害無利。

西伯利亞雪松的果實可以駁斥科學家的看法——農業是人類的成就及文明發展的證明；在我看來，農業的出現是因為人類文明失去對大自然的理解，以及生活方式的改變，人類為了取得每日必需的糧食而在農田揮汗如雨。你判斷一下就知道了。

假設一塊地上住著一家三口，還有兩棵會結果的雪松，就能確信擁有這塊地和兩棵雪松的這一家人永遠不會餓死，即使收成再差也不例外。他們不僅不會飢餓，不虞食不果腹，還能吃到品質最好、最精良的食物。

一棵雪松單年就能結出高達一公噸的雪松子，去殼就能供人食用。雪松的功用不僅如此，雪松子可以榨出雪松奶，適合人類食用，還能餵食襁褓中的嬰兒。雪松子可以提煉出優質的雪松油，加進沙拉或其他料理，也能藥用。

雪松子榨油後剩下的油渣，可以拿來做美味的麵包、餅乾、糕餅或布林餅。

雪松還能產出樹脂，正統和民俗醫學無不認為這是具有療效和預防效果的物質。

西伯利亞雪松完全不需人類照顧，不用施肥或犁土，甚至不用栽種，一種叫做星鴉的鳥類會為它播種。

我開始理解為何我們遠古的祖先不懂農業，因為他們知道的遠遠不止於此。

或許有人會說雪松兩年才結一次果，如果不結果的那一年剛好碰上歉收，雪松有什麼幫助？我告訴你，雪松確實兩年才結一次果，有時甚至間隔更長，但只要不把它獨特的松子從松果中取出，松子就能保存九至十一年之久。

當然在現代社會中，一切都沒這麼簡單，雪松很難在城市周圍存活，無法適應生態汙染的環境。但有一個令人振奮的消息，很多資料都說雪松會回應人的感受，接收人所散發的能量，將能量加強後回饋給人。這點我可以親身證明。

七年前，有人從西伯利亞寄了二十五株雪松幼苗給我，我和五樓公寓的住戶們一起將這些幼苗種在旁邊的樹林，其中三株種在我郊外小屋的周圍。不久後，種在樹林的雪松不知被誰挖走了，我沒有太難過，畢竟被挖走表示有人知道雪松的特質，應該是要種在別的地方照顧。不過樹林還剩一棵雪松，種在公寓車庫前方的磚牆旁邊。那裡的土壤完全稱不上肥沃，基本上只是施工廢土填上一層薄薄的沃土。不過雪松依然存活至今，生長速度和樹幹的光滑程度與我在郊外小屋種的雪松完全不同，而且高度高了一倍。我不禁思考背後的原因，後來發現公寓住戶們常常走到陽台看著雪松，有時會說：「我們種的雪松真美。」我自己走路或開車經過時，也會開心地欣賞它。種在車庫前的雪松每天受到人類的關注，努力地成長茁壯。

現在很多公司都會推出雪松油等雪松製品，尤其在《俄羅斯的鳴響雪松》叢書出版後更是如此。

我也請女兒和女婿生產雪松油，把阿納絲塔夏所說的古老製法告訴他們。

波琳娜的丈夫謝爾蓋盡量遵從古法，同時配合現代食品製作的要求。我們在藥廠開設生產線，並請經驗豐富的專家監工。生產線採用可保留最多有益物質的冷壓法，並以木磚榨油。這點很重要，因為雪松子和雪松油的成分涵蓋整個週期元素表，某些元素接觸金屬就會氧化。此外，生產線上只用玻璃瓶包裝。成品雖比熱壓等方法生產的雪松油優質，卻比不上我在泰加林試過的雪松油。我認為是它蘊含的生命力不如泰加林的雪松油。

我不打算描述我們花了多久找出兩者的差異，而是直接告訴各位：我們將整個生產線——從貯存松果、榨油到包裝——移到距離城市一百二十公里遠的泰加林村落後，品質有了變化。

由此看來，在城市環境不可能製造出優質的雪松油，在藥廠也不行。在生產的每個環節中，雪松子和油都會接觸空氣，但大城市的空氣與泰加林充滿芬多精的空氣根本天差地遠。因此，遷移小量生產的產線後，雖然技術設備不太符合現代標準，但我認為成品不僅優於國內其他雪松油，甚至優於其他各國。對於雪松油這種獨特食品的出現，我很高興自己發揮了小小的作用。我認為這間泰加林公司是唯一製造真正雪松油的公司，因為其他製造的都只是「松油」。

世界各地都有很多品牌號稱「生態純淨產品」，但我不禁要問：這些產品從何而來？在何處栽種？如果產品的原料產地周圍都是高速公路和大大小小的城市，這種產品還能叫做生態純淨嗎？我認為在這些地區生產的食物就算栽種時沒有使用有毒化學物質、殺蟲劑或肥料，也稱不上是生態純淨。

雪松生長在西伯利亞泰加林深處，距離大城市數千公里，附近沒有高速公路，只能靠河流運送這種獨特的產品。我們文明的髒汙終究免不了汙染當地，但世界萬物都是相對的，泰加林的空氣和水確實遠比大城市乾淨多了，而且沒人將有毒物質倒進土裡。

因此，我認為世界上沒有任何產品能比當地的雪松子和雪松製品乾淨、有益且具有療效。

介紹西伯利亞泰加林時，我都只特別提到雪松，但泰加林區其實還有很多食物都遠比我們習以為常的食物優質，例如蔓越莓、覆盆子、雲莓、醋栗和香菇。很多讀者想要知道阿納絲塔夏在泰加林都吃什麼，我可以這樣回答：她吃的是生態純淨的頂級食物，是我們用一百萬元也買不到的。

我在第一集寫過阿納絲塔夏在泰加林的生活，以及我對此的驚訝程度。與她認識也好幾年了，我在思考她的生活方式時做出了一個結論：與她在大自然的生活相比，現代人住在大城市的生活簡直是違反自然而且荒謬得很。

阿納絲塔夏的生活方式乍看可能教人不可思議，怎麼會有動物依照她的訊號帶食物給她吃，不過即便現代的獵犬也會將獵物叼給主人，放出去獵食的隼亦是如此，鄉下農家飼養的牛羊也願意讓主人擠奶。

阿納絲塔夏空地周圍的動物都會界定棲息的領域，將在這個範圍內的人類視為領袖。我想牠們世世代代受到阿納絲塔夏祖先的訓練，再將這些知識傳給後代。

阿納絲塔夏吃得不多，從來不會以食為天。

最近很多人問我，阿納絲塔夏如何度過西伯利亞的寒冬，氣溫可達負三十五至四十度，何況她沒有保暖衣物或暖氣房。我要先說，即使戶外氣溫是負三十度，泰加林深處都會比較溫暖，溫差可以達到十度左右。

阿納絲塔夏在泰加林有一些洞穴，最主要的一個——也是我曾多次過夜的地方——深度約二點五公尺，寬兩公尺，高同樣約兩公尺。洞穴的入口很窄，寬六十公分，高一點五公尺，並且鋪著雪松樹枝。這間雪松林臥房的牆壁和天花板佈滿藤蔓，空隙塞了乾草和泰加林的花朵，地板則鋪上乾草。

夏天睡在這種臥房相當舒適，聲音傳不進來，更別說是大樓住戶暴露其中的各種無線波和電磁波了。

晚秋時，阿納絲塔夏會將臥房鋪滿乾草，進入一段長時間的睡眠，類似科學家所說的休眠。

根據現代科學的定義，休眠是指包括代謝在內的身體機能大幅降低，幾乎沒有明顯的生命跡象。

科學家為了規劃長時間太空旅行，一直研究這種特殊的生物現象。他們最感興趣的是，在休眠或冬眠的狀態下，消耗的氧氣會大幅降低，而且不需要進食。科學家證實休眠時對外界負面影響因子的抵抗力也會變高；舉例來說，曾有實驗顯示傳染病無法在休眠的動物身上發作，人工傳染也對牠們沒有影響，一般環境下會致死的毒素更對休眠或冬眠的動物毫無傷害。另有科學家證實，如果讓這些動物接觸足以致死的游離輻射，牠們依然可以存活，因為牠們的代謝在這段期間已經大幅降低，醒來後身體機能甚至能完全恢復正常。

不過有趣的來了，如果具有思考能力的人類在冬天進入深沉睡眠，靈魂在這段期間會發生什麼事？我在科學文獻中找不到任何相關假設，但這個問題十分有趣。

我某一次偶然體會了休眠這種不可思議的狀態，當時是在深秋的泰加林。在阿納絲塔夏生活的地方，這個季節的白天很短。天色漸暗時，阿納絲塔夏建議我躺下來休息，我也立刻答應了。城市的生活步調加上泰加林舟車勞頓累積下來的疲憊感早就讓我很想睡了。

這次洞穴所鋪的乾草比平常還多。我知道即使外頭結霜睡在乾草堆裡也不會冷，於是全身脫到只剩內褲，將外套墊在頭下。

「該起床了，弗拉狄米爾。」阿納絲塔夏叫醒我。

我感覺到她在按摩我的右手，接著我看向洞穴入口，但幾乎不太看得見，表示太陽還沒出來。

「為什麼要起床？天才剛亮而已。」

「這已經是你睡著後的第三個天亮了。弗拉狄米爾，如果你再不起床，就有可能繼續睡上好幾個月，甚至好幾年。你的靈魂會因為不用擔心保護你的身體，而想要休息、在宇宙的其他世界遊蕩。除非靈魂自己想要回來，否則沒有人能將它召回。」

「妳是說我睡著的時候，靈魂不在我身邊嗎？」

「它就在你身邊，弗拉狄米爾，等你睡得更安穩、更深沉，它就可以離開了，但我決定叫你起床。」

「為什麼妳的靈魂不會在妳熟睡時離開？」

「我的靈魂也會離開，但總會在對的時間回來，畢竟我沒有折磨它。」

「所以我虐待了自己的靈魂嗎？」

「弗拉狄米爾，習慣和想法有害、吃有害食物的人，都是在折磨自己的靈魂。」

「食物與靈魂何干？難道它也吃人吞下肚的食物嗎？」

「靈魂不吃實體的食物，弗拉狄米爾，它只能透過你的身體看見、聽見及實現自我。如果身體不健康，像是人喝醉使得身體無依無靠，靈魂會像受到束縛般無法具體實現出自我。它只能依靠感覺，為這個被有害飲料破壞的無助身軀哭泣。它會試著幫受損的器官取暖，耗費大量的能量。靈魂的能量只要耗盡，就會變得沒力而離開人的身體，身體因而死亡。」

「是啊，阿納絲塔夏，妳這樣描述靈魂很有趣，或許也是對的，因為民間有一種說法，說人死去是將靈魂獻給神，不過妳說的是『靈魂用盡力氣』。我想知道，我的靈魂還有力氣嗎？」

「既然你的靈魂回來了，表示還有力氣，弗拉狄米爾，但請你盡量不要再折磨它了。」

「我盡量，但等等，靈魂在人睡覺時也沒有休息嗎？」

「靈魂是種能量，一種有生命的能量群，能量不需要休息。」

「阿納絲塔夏，妳覺得靈魂在人睡覺時去了哪裡？」

「靈魂能到其他次元，在宇宙星球之間遨遊，也能按照人的意志收集必要的訊息。舉例來說，如果想要瞭解過去或未來，可以要求靈魂在你睡著時到訪你想知道的時間和地點，靈魂就會達成你的要求。但如果只是一般的睡眠、睡得不夠平靜，而且環境不理想時，靈魂哪兒也不能去，必須留下來保護身體。」

「身體會受什麼侵犯？」

「會受各種有害的影響侵犯。弗拉狄米爾，你睡覺的公寓牆壁佈滿電線，這些電線會釋放對人有害的輻射；非自然界的聲音穿透玻璃進來，而且公寓的空氣不宜吸入。靈魂不能丟下你不管，必須在緊急狀況時叫你起床。」

「我懂了，阿納絲塔夏。事實上，我睡覺的這個洞穴遠比當今世上所有高級飯店和公寓舒適多了。這裡彷彿低壓艙，空氣理想，沒有有害的輻射和噪音，氣溫穩定，所以我在這裡睡得比公寓還好很多。這點我明白，而且也親自體會過了，但我不明白的是，當妳長時間睡眠時，為什麼妳的靈魂不會擔心妳？畢竟妳的身體是在洞穴休息，入口甚至沒有遮蔽。何況如果發生危險，譬如有外來者入侵好了，沒有人能叫妳的身體起床。」

「弗拉狄米爾，只要有人試圖靠近我們所在的林間空地，不管他們的意圖如何，方圓三公里的空間都會提高警覺。動植物和鳥類會發出警訊，靠近的人會被恐懼籠罩，就算他們抵擋得了而不回頭，空間也會透過動物叫醒身體、召回靈魂。」

「如果是萬物都在休眠的冬天呢？」

「並非萬物都會冬眠，何況醒著的動物在冬天時比較容易觀察周遭動靜。」

我不完全明白阿納絲塔夏對於她冬眠時的靈魂的說法，但我曾親眼看過動物和鳥類為阿納絲塔夏捎來難過或開心的消息。

在我知道阿納絲塔夏對於睡眠的看法後，可以做出以下結論：

現代人——或說全人類——都沒有機會好好睡覺，除了現代的臥房不如自然環境之外，還有一個同等重要的因素：現代人每天都有各種無謂的煩惱，睡覺時還經常對此念念不忘。那麼問題來了：人將自己靈魂的能量用在了哪裡？靈魂還能在人睡覺時認識其他世界，並在人醒來時，將有關這些世界的知識帶給他們。或許我們在裝潢臥房時，不能讓外界的聲音穿透進來，也不能裝設電線和電話。這並非遙不可及，困難的是如何維持良好的空氣品質。

隱居西伯利亞泰加林的阿納絲塔夏因此成了《俄羅斯的鳴響雪松》叢書的女主角，為我生了一男一女。她現在住在泰加林，也活在我的心裡和書中女主角的形象中。

我不認為自己能夠確切地描述這位教人嘖嘖稱奇的女性，更難以形容她的美貌、智慧和特殊能力。說真的，以我平庸的語言根本做不到。

即便現在，我只是有時將阿納絲塔夏視為與我親近的親人，我更常覺得她是我高攀不上的神祕女子，擁有難以解釋的精神力量，並且能以此創造未來。

她對於我們現狀的描述和她所說的故事——精確來說，是她為俄羅斯和全世界創造的美好未來意象，促成了我們社會一個很棒的現象。成千上萬的民眾沒有政府的指令或經費，自動自發地著手實踐阿納絲塔夏創造的意象。只要依序閱讀這套叢書，就會明白這個打造國家未來的主要構想，但若要精簡扼要地描述這個正面轉變背後的構想，可以這樣說：

阿納絲塔夏認為每個家庭至少要有一公頃的土地。隱居泰加林的她將這種土地稱為祖傳家園，認為家庭應將土地改造為有生命力的天堂綠洲，而這可以滿足人類的所有物質需求。人類完成這個有生命的創造後，創造本身的外觀和創造者生活其中的方式，都反映了他們的靈性。她認為不能將家族成員葬在公墓，只能葬在祖傳家園裡，這樣已故親人的靈魂才不會受苦，畢竟身體沒有被丟在公墓的深坑之中，遠離自己所愛的人。葬在祖傳家園的人會透過自己的靈，幫助及保護住在家園的人。

以前也有類似現代公墓的地方，但通常都是埋葬染病死亡的動物、無依無親的罪犯和魂斷異鄉的軍人。

阿納絲塔夏說過如何打造自己的祖傳家園、藉由祖傳家園擺脫身體的不適。

她曾鉅細靡遺地描述古代極為美麗的結婚儀式，解釋年輕夫婦如何在儀式中透過思想的力量完成未來祖傳家園的設計，以及在結婚的當下，在父母、親戚和朋友的參與下，只用幾分鐘就將構想落實成真。我認為這個儀式是我們千年來最偉大的發現，因為就算是現代的年輕情侶，也能透過這個儀式在結婚時得到房子、花園和祖傳家園。

阿納絲塔夏相信，以這種方式打造祖傳家園的新婚夫婦，他們之間的愛永遠不會褪去，而且愛意一年比一年更濃烈。阿納絲塔夏對此這樣解釋：「丈夫看著妻子時，會下意識地將她與美好的家園聯想在一起，同時想到自己的孩子，而孩子也必須在家園裡出生。」這點值得相信，畢竟對每個人來說，世界上最好的地方非自己小小的家鄉莫屬。他們的孩子會是世界上最漂亮、最好的孩子。

阿納絲塔夏也相信，如果所有人或絕大部分的人開始有意識地打造祖傳家園，使它成為天堂樂園般的綠洲，全世界就會改變，地球不會再出現天災和戰爭。人類的內在心靈世界會改變，嶄新的知識和能力會開啟，並且有能力在其他星球創造類似地球的美好世界。

她認為現在以技術治理的方法探索宇宙和其他星球是行不通的，而且對地球和生活其中的人類有害。認識星球的合理方法應是心理瞬間移動，但想要做到這點，人類必須先證明自己有能力改造地球，用生活方式表現靈性，而非光說不練。

專業書評對於書中的主題和這位泰加林隱士的說法可能早有論述，但他們的意見已經不重要了。民眾才是最重要的評論者，他們已透過數萬封信件和數十萬封電子郵件表示贊同。他們不僅以言語表達，更展現實際的行動。全俄羅斯出現數百座大大小小的聚落，而且數量持續增加，這就是最好的證明。

現在有一個難以解釋的神祕問題：光靠書中泰加林隱士的說詞，就能引發大規模的運動，她的話語背後究竟存在何種力量？或許她所用的一字一句都結合成某種代碼，也有可能是話語背後具有某種節奏。

阿納絲塔夏通常會模仿對方講話的方式，使用對方的詞彙和語句結構，但在特定時候又會突然講起某種聽起來果斷、節奏如行雲流水的語言，極為清晰地發出每個字母，讓你明顯感受到每個字母背後的特殊能量，因而記得她所說的每一個字，彷彿腦中有部錄音機似的。不僅如此，在你聆聽的時候，面前還會出現活生生的影像，讓下意識理解她所說的意思。為了舉例說明，我就節錄《共同的創造》中阿納絲塔夏如何重述神與第一個人類的對話：「宇宙的盡頭在哪裡？要是我到了盡頭，那該怎麼辦？我什麼時候能填滿一切，將我的思想創造出來？」原始起源的人問神，接著得到這個回答：「我的兒子，宇宙本身就是思想，從思想再生出夢想，而部分的夢想是看得到的實體。當你遇到一切的盡頭，你的思想就會找到新的開始而延續下去。到時將會無中生有，出現你的全新又美好的誕生，反映你的志向、靈魂和夢想。我的兒子，你是無限，你是永恆，在你裡頭，是你具創造力的夢想。」

關於阿納絲塔夏的能力存在許多理論，而我要與各位分享我的看法。

阿納絲塔夏的能力乍看之下可能奇特，但其實在原始起源的所有或大多數人類，天生都有這些能力。這位泰加林隱士所說的話之所以能對很多人的行動造成影響，不是因為什麼神祕的力量，而是這些人以內心和靈魂感受這些話語。看來現代人的基因或潛意識中，仍然保有當初個別家庭和整個人類社會生活方式的記憶，記得人類在原始起源時依然知道如何直接與神溝通。

原始起源的這種生活方式遠比現代的生活完美，或許這源自於人類依然知道何謂天堂的時期，但我不認為這些人的行為與宗教有關。

讀者建造的家園各不相同，家園的房子外觀各具特色，有的是雙層木屋，有的是單層土屋；他們的花園、有生命力的圍籬和池塘也都不同。

眾所周知，宗教儀式會要求所有信徒依照制式的規定行動和說話，但在祖傳家園裡，可以看到大家都以自己的創意實現美好的構想。

如果想要感謝阿納絲塔夏什麼，大概便是感激她喚醒了他們靈魂之中，那份人身為創造者的渴望吧。

2 小小泰加林居民

認識隱居西伯利亞泰加林的阿納絲塔夏十五年多了，當時我知道她懷了我的兒子時，我花了極大的力氣想把她帶到新西伯利亞市，甚至不惜動手。我那時無法接受她在泰加林生產，也覺得要在社會制度以外養小孩是不可能的。

阿納絲塔夏在泰加林的生活，說得客氣一點，剛開始讓我覺得很奇怪。但現在看來，現代大城市居民所過的生活才更奇怪。

所以當她像之前那樣待在泰加林懷我的女兒時，我內心感到愉悅且平靜。我的生活觀在這十年來有了重大的轉變。

如果阿納絲塔夏不在泰加林生產，就算選了首都最好的產房，我也會變得憂鬱，感到絕望，說不定還會不斷擔心孩子在現代社會制度下長大能有什麼未來。

我重新思考了自己的價值觀，對生命的態度也有了改變。

阿納絲塔夏在西伯利亞泰加林的祖傳林間空地生下我們的女兒，當時我不在場，她的身邊也沒有合格的醫師和現代醫療器材，但我的內心依然平靜，因為我知道她是在全世界最完美的產房生產——她的祖傳空間。

阿納絲塔夏生完女兒後，問我想給她取什麼名字，我想都沒想就直接說出「阿納絲塔夏」。這不是因為阿納絲塔夏將兒子取名為弗拉狄米爾[1]，而是早在女兒出生前，我已經將阿納絲塔夏視為一個有智慧、勇敢且非常善良的女人。她的名字等同於這些特質，而我希望女兒繼承這些優點。我無法想像由阿納絲塔夏以外的人照顧我的女兒，雖然她時常看起來完全沒在「照顧」，但絕對不是如此。

舉例來說，小女兒曾在泰加林發生這樣的事……

這次阿納絲塔夏見到我非常開心，我甚至感覺她跟我鬧著玩。我當時正要走到他們三人生活且我熟悉的林間空地，她卻突然出現在半路上，穿著一件類似羅馬式長袍的輕便服裝，對著我笑。我很好奇她怎麼會有那件洋裝，於是停下腳步開始欣賞她異於往常的打扮。

「天啊！」我心想，「過了這麼多年，還生了兩個孩子，她看起來依舊年輕貌美。我老了，還長了白頭髮，她卻完全沒老。」

我想起她一大早起床時，都會為了新的一天而感到開心，與母狼賽跑、華麗地翻筋斗好幾次。她現在還做得到嗎？

阿納絲塔夏彷彿聽到我內心的疑問，幾乎沒有助跑就翻了兩圈到我身旁。

「你好，弗拉狄米爾。」她開口說。

我無法馬上回應，她身體散發了迷人的香味和異於常人的溫暖。我小心翼翼地碰她的肩膀，不知為何沒有擁抱她，最後還稍微彆扭地回應：

「妳好，阿納絲塔夏。」

她靠在我身上，抱著我輕聲地說：

「我們的女兒又聰明又漂亮。」

接著阿納絲塔夏赤腳走在我前面，如模特兒走伸展台般一腳在前、一腳在後地走在草地上。她不是第一次這樣做，但她每次做都很滑稽，讓我心情好了起來。

一如往常，我們直接走到湖邊，在長途跋涉後沐浴一番。我已經知道沐浴的目的不只是

---

1 作者的兒子名為瓦洛佳，即為弗拉狄米爾的小名。

恢復精神，最重要的是洗去不屬於泰加林林間空地的氣味。第一次泡水後，阿納絲塔夏用多種草揉成的糊物擦拭我的身體，還邊擦邊笑：

「你們的好食物越來越少了，你看你肚子又大了一圈。」

「這是菌叢不良症，醫生說的，近九成的人口都有。」我回答。

「搞不好是你們的肚子沒有足夠的意志力？」阿納絲塔夏笑了出來，「你剛說的意思就是有一成的人沒有這種菌叢不良症。」

我的身體、甚至頭髮沾滿綠色的草糊，但我必須先散步一會兒，才能跳進水中，撈水洗淨身體。我上岸等到身體稍乾後，阿納絲塔夏把身上類似羅馬袍的袍子脫下遞給我。

「現在穿上這件衣服對你很好。」

阿納絲塔夏在我面前袒胸露乳，乳房比以前豐滿了一些，一邊的乳頭還滲出一滴母奶。

「妳還在餵女兒奶？」我問。

「是呀。」阿納絲塔夏開心地回答後，用雙手擠壓乳房，一道母奶射在我的臉上。她大笑起來，擦了擦我臉上的母奶。

「你把這件穿上再繫腰帶，看起來就像傳統袍衫了。自從生下女兒後，我就一直穿著這件衣服，有時還會讓她裹著睡覺。她已經習慣衣服的味道和外形，如果你照我說的做，小女兒會比較容易適應你的存在。」

「但妳要穿什麼？」

「我有兩件非常類似的衣服，我會輪流穿。我給你的這件是我比較常穿的。我也常用草編成的髮束綁頭髮，我現在就去編一個給你，你可以趁現在觀察小女兒。」

「只能觀察嗎？所以我不能碰她、與她接觸嗎？」

「當然可以，弗拉狄米爾，但先觀察比較好。雖然她還小，但已經是個獨立的人了，所以你還是先觀察她比較好，不打擾到她。你可以先瞭解她的習慣，試著理解她的世界。」

「我記得當初我也只先觀察兒子。阿納絲塔夏，告訴我，要多久才能抱她？」

「你會有感覺的，你的心會告訴你答案。」

我覺得阿納絲塔夏是想讓我一個人觀察小女兒、試著瞭解一些道理，所以才找了急事去做。但我其實並不反對這種做法，我的確需要觀察孩子的行為舉止，畢竟對女兒而言，我只是陌生的叔叔。而這個陌生的叔叔突然毫無來由地抱起孩子，展現過度的溫柔，捏捏擠擠她，用模仿小孩的聲音跟她說話，只為了自己開心。說不定孩子討厭別人這樣跟她講話，不只是陌生叔叔，所有人都不能。我開口問：

「阿納絲塔夏，我們的女兒在哪裡？如果妳去編東西——用草編髮束，我要怎麼找她？」

「她就在附近不遠。」阿納絲塔夏平靜地回答。「你自己找找看，讓你的心告訴你她在哪裡。」

我原以為自己很瞭解泰加林林間空地的生活了，但每次都會有新的事物讓我感到訝異。怎麼可以讓不到兩歲的小孩在泰加林亂走亂爬，還不在旁邊顧她呢？這座泰加林什麼人都沒有，只有一堆野生動物。

我曾觀察出生不久的兒子，看過他在母熊的懷裡睡著，母熊則一動也不動地等他好好睡一覺；看過狼群怎麼保護他，敏捷的松鼠怎麼跟他玩。我清楚知道生活在這附近、這片林間空地裡的動物有如寵物，牠們在界定的領域之內不會吵架，也不會攻擊彼此。狗在家裡可能不會去碰同個屋簷下的貓，甚至與貓成為朋友，卻會攻擊外來的貓。同理可證，在動物界定的領域之內，牠們不會互相攻擊，更不會攻擊人類的後代。

牠們對於住在自己領域的人類相當敬重，自然而然會去保護人類的孩子，認為照顧他們是種榮耀。雖然如此，我依然不太習慣這種事情，要是孩子跑到領域之外該怎麼辦？其他動物不會將孩子視為己出。總之，不管合不合邏輯，我心裡還是覺得怪怪的。

我在阿納絲塔夏正要離開時問她：

「要是我在找女兒時遇到野生動物，該怎麼辦？我還不習慣牠們，牠們也不習慣我。」

「牠們不會對你怎樣，畢竟你穿著這件衣服，弗拉狄米爾。你可以放心地走，別讓恐懼折磨你的腦袋。」阿納絲塔夏說完後跑回她的小土屋。

我走到林間空地沒有看到任何人，開始沿著空地繞圈。我覺得女兒就在附近，如果這樣繞圈，慢慢擴大搜尋半徑，一定可以找到她的。

我還沒走完一圈就看到她了。小阿納絲塔夏獨自站在醋栗叢間，抓著一根樹枝，笑著觀察某種昆蟲。我躲在另一個樹叢後方觀察起來。

小女孩穿著一件類似傳統襯衫的短洋裝，頭髮用某種草編成的髮束綁了起來。觀察完樹枝、滿足好奇心後，她赤腳走在草地上，往林間空地的方向走去，途中卻被樹枝或草絆倒而跌在草地上。但她沒有哭，而是靜靜地用手撐地坐了起來。她四肢並用地爬了一兩公尺，然後起身慢慢往前走。

為了不被女兒發現，我非常小心地跟在後面，納絲芊卡[2]卻突然在我眼前消失。我一開始被這突如其來的狀況嚇呆了，過了一會兒才跑到她剛還在走路的地方四處張望，但哪兒都看不到她——不在消失處旁的樹後，也不在矮樹叢中。年紀這麼小也不可能跑得太快，才一下子就在我面前不見蹤影。

我開始繞著她消失處附近的樹找人，慢慢擴大範圍，但依然沒有看到她。我站在原地思考良久，最後跑到阿納絲塔夏應該在的小土屋。

她靜靜地坐在入口，一邊用草編頭帶，一邊輕聲唱歌，不遠處還有一隻深棕色狐狸像撒嬌的貓一樣磨著樹幹。

「阿納絲塔夏，女兒不見了。」我急忙地說，「我在她後面幾公尺，視線沒有移開，她卻突然……彷彿人間蒸發不見了。」

阿納絲塔夏的反應異常冷靜，回答時甚至沒有停下編織工作。

「別擔心，弗拉狄米爾，我想她應該在老狐狸的窩裡。」

「誰跟妳說的？」

「你看到那隻慵懶的狐狸在磨樹了嗎？」

「看到了。」

「牠用這種方法告訴我孩子在牠的窩裡。」

「說不定牠是想跟妳說別的？」

「如果是通知壞消息，牠會表現得很緊張：跑走後又靠過來，要我去幫忙。」

「但妳依然無法百分之百確定女兒在哪裡，況且她消失的地方沒有什麼窩，我都找過了。」

「好，弗拉狄米爾，我們一起去看看我們的小聰明躲哪兒了。」

抵達女兒不見的地方時，阿納絲塔夏推開草叢，我立刻看見一個窩。入口稍微塌陷，形成一個小洞。我瞄了一眼，看到納絲芊卡蜷曲在裡面，睡得香甜。

「妳看到了嗎？她躺在潮濕的地上睡覺，我覺得她自己一個人爬不出來。」

「底部的草是乾的，弗拉狄米爾。女兒起床後會想辦法離開她躲起來的地方。」

「什麼辦法？」

---

2 作者的女兒名為納絲芊卡，即為阿納絲塔夏的小名。

「弗拉狄米爾，你想看的話可以自己觀察，不過我先走了，要把事情做完。」

我留在原地等了三十分鐘後，窩裡傳出聲音。女兒醒了，但她似乎無法靠自己的力量爬出來，不過她也沒有太努力嘗試。試了第一次、測試自己的力氣後，女兒發出呼喚的聲音：嘿——嘿——。不是哀號，而是真的在呼喚。不一會兒，早先在阿納絲塔夏附近徘徊的狐狸出現了，牠先站在自己的舊窩旁，看一看、聞一聞，接著轉身將尾巴放下。狐狸繃緊肌肉，緩緩地將抓住尾巴的孩子拉了上來。牠拖著女兒大約一點五公尺後，女兒放開手，趴在地上後再站起身。小納絲芊卡看了一下四周，露出微笑，似乎在回憶什麼，然後一步一步往湖邊走去，臉上依然掛著微笑。我繼續悄悄地跟著她。

附近沒有任何野生動物，看來泰加林除了我之外，沒有其他生物在觀察她。但我稍後才知道我錯了，她和我都一直被密切觀察著。不久後，我第一次看到女兒和泰加林動物有了爭執。

納絲芊卡走出覆盆子樹叢後，站在原地一下子，看著湖面的倒影，接著脫掉短衫，小心翼翼地赤腳走向湖邊。距離湖邊五六公尺時，一隻成年母狼忽然從樹叢跳了出來，奮力跨了幾步後擋在湖岸和納絲芊卡之間。女兒用小手拍牠的背、抓牠的毛、摸牠的口鼻，牠也舔起女兒的小腳丫回應。不過，互相關心或友愛的動作到此結束，和母狼玩耍顯然不在納絲芊卡的計畫之內，她一心只想下水，於是往旁邊走了三步，試著繞過站在原地的母狼。但當小女孩試圖前進時，母狼又擋住她的去路。她用手想要推開母狼，不讓牠擋在面前，但牠不聽從小女孩的指示，如生根般定在原地。納絲芊卡於是坐在地上，想了一下後試著從母狼的底下爬過去，但也沒有成功，因為母狼趴了下來。

納絲芊卡顯然知道母狼不讓她下水，但她也無法用力氣移開這個障礙，於是坐在草地上想了一會兒，然後往母狼和湖岸的反方向爬。

她爬了一下便起身，雙手握著一根不大的樹枝，走到母狼面前，對著牠的口鼻比劃，接著往旁邊的樹林一丟，但距離只有一點五公尺，母狼一撲就咬住了。納絲芊卡趁機拔腿跑向湖岸，母狼這下明白自己被騙了，健步如飛地跑了兩步，在岸邊追到小女孩，從雙腳將她撲倒。

納絲芊卡背部著地，頭碰到水面。她雙腳頂著沙子，想把自己推進水中。母狼咬住她的雙腳，但看起來為了不讓她疼痛，所以咬得沒有很大力。

納絲芊卡用一腳頂住母狼的鼻子，將另一腳的腳掌從母狼的口中拔了出來，敏捷地爬進水裡。湖水一下就快一公尺深，淹過女兒的頭，但她很快又浮出水面，手腳並用地浮著。

我並不曉得女兒會游泳，所以連忙從躲起來的地方跑了出來，準備跳進水裡救她，但當我跑到岸邊，我看到母狼已經游向女兒。女兒一邊打水，一邊靠向母狼的腰，抓住牠的毛，人與狼就這樣往岸邊淺水處游去。女兒感覺到腳碰地時，立刻放開母狼。

全身溼透的母狼上岸抖抖身體，飛濺的水花在陽光底下閃耀奪目。牠沒有離開，而是留在岸邊，用眼角餘光密切注意孩子的狀況，但我覺得牠也在用警戒的眼神看我。

納絲芊卡站在水裡，水深及腰，熱切地笑著呼喚母狼到她身邊。她又拍水又揮手的，但母狼沒有走向她。看來這隻動物不喜歡水上活動，或覺得在湖裡玩太危險了。

忽然間，納絲芊卡轉頭盯著我看，我第一次感受到小女兒的注視，站在原地動彈不得。我知道她將我視為陌生的存在，莫名其妙地出現在她生活的領域。

她看了我好一會兒才轉身，不疾不徐地上岸，走向躺在草地上的母狼。母狼將咬住的洋裝給她，但她不想全身溼答答地穿，於是拿著洋裝走向林間空地邊緣的洞穴。我一邊繼續觀察她在泰加林的行動，一邊思考。

一個小朋友在西伯利亞泰加林深處的林間空地，臉上帶著微笑地散步，毫無畏懼的樣子。沒有動物會攻擊她，牠們反而隨時準備好在第一時間上前幫忙。幼小的人類走在這裡，就像皇家子嗣走在自己的王國一樣。她喜歡觀察昆蟲、松鼠和鳥類的生活，喜歡看著花朵、品嚐草和漿果的味道。

另一方面，年紀相仿的其他女孩卻是在四面牆圍住的有限空間內，像動物般被困在比較漂亮的護欄內。疼愛孩子的父母買了各種塑膠玩具，孩子會嚐到這些玩具的味道。

現代社會數百萬個小女孩、小男孩在有如牢籠的公寓長大，和動物沒有兩樣，我們卻希望他們變成聰明、自由又體面的人。

這些人根本不知道自由的真諦，最重要的是自由的思想、知識及對有生命宇宙的感受。孩子稍大後才在學校被告知這個有生命的宇宙。他們當然可以學到有關大自然生命的知識，學到偉大造物者創造的宇宙，卻沒有機會親身感受。在人生的前幾年，與造物者的偉大世界和平共處而獲得的感受，是無法被任何學校課程或大學講座取代的，也不能依靠蠻力或壓力強迫接受，應在玩樂中學習。

我並非鼓勵大家帶著孩子來泰加林，這樣並不明智，但我們總得做些什麼。

3 女兒像誰？

傍晚時，阿納絲塔夏在女兒經常獨自睡覺的小洞穴入口餵奶，而我靜靜地坐在旁邊，觀察這個有趣的過程。

我感覺到餵奶的重點不是用母乳使孩子飽足。小阿納絲塔夏用小手抓著母親的胸部，咂嘴吸了好一會兒，隨後放開乳頭，端詳母親的臉孔。阿納絲塔夏也一直看著孩子，沒有分心看我或注意周遭的狀況。

我感覺母女在餵奶的過程中彷彿融為一體，無聲地彼此交流。

這個過程維持了二十分鐘，小阿納絲塔夏睡著了。

阿納絲塔夏將女兒放在洞穴的乾草和布上，用沒被壓到的布角蓋住睡著的孩子，將乾草堆在她的身旁，替她弄了一個舒適的小窩。她接著跪在入口，看著睡著的女兒。等她終於起身看我時，我問她：

「阿納絲塔夏，妳覺得我們的女兒比較像誰，像妳還是我？」

「你應該跟所有父母一樣，希望孩子像你吧，弗拉狄米爾？」

「不，妳猜錯了。我當然希望女兒有些部分像我，但她是女生，應該要長得漂亮，所以要比較像妳才對。」

「你是說和你比起來，我很漂亮嗎，弗拉狄米爾？」

「不只和我比起來很漂亮，阿納絲塔夏，我覺得妳是我見過最漂亮的人，甚至比國際選美比賽的佳麗還美。我在電視上看過她們，她們的外貌在妳面前相形失色，妳比她們都好。」

「謝謝你，弗拉狄米爾。你說這些是要讚美我，還是想解釋什麼？」

「是讚美，也是解釋，同時感到開心。」

「謝謝你，弗拉狄米爾，那麼我這樣說你應該不會難過：女兒的外表有點像你，但她的眼睛、睫毛和體型像我，以後頭髮也會和我一樣。

「人如果外表相似，代表能力、習慣和靈魂也會相似，所以她的有些能力和習慣會和你一樣，有些則和我一樣。不過，弗拉狄米爾，新生兒的靈魂一定都有三個構成要素。」

「三個？第三個來自於誰？」

「第三個構成要素是住在人前世體內的靈魂粒子，可能是一百年前，也可能是一千年或一百萬年前。在均衡的人之中，第三個構成要素不會分散開來，而是等待獲得新肉體的瞬間，用它的眼睛看周遭的世界、用它的耳朵聽這個世界的聲音、用它的手觸摸世界、善用它的天賦。」

「但如果我們的靈魂在新的生命中融為一體，不就表示它們完整知道彼此的生命嗎？」

「當然知道，不然不可能結合，更無法成為融為一體的靈魂。」

「所以我的靈魂看得到女兒的前世嗎？」

「當然可以，但要感受並看到的前提是你能與自己的靈魂達到和諧，你的思想不能受到外界任何亂象的干擾，而且你還要專心。」

「妳帶我就可以。我和像我一樣的其他人不能看到過去，但妳——阿納絲塔夏，妳肯定可以透過女兒的靈魂粒子知道她的前世。」

「我試過了，弗拉狄米爾，我看過並瞭解女兒的前世，但我看到一些奇怪的現象。女兒在她肉體中的生命非常短暫，不超過七年，而且要追溯到好幾千年前。」

「好吧，生命這麼短暫也沒多少過去可以瞭解吧。」

「是沒多少，但有些人即便生命短暫，仍可做出影響後世數千年的事情。」

「我想知道一個小朋友怎麼做出影響人類生活數千年的事情。阿納絲塔夏，妳可以告訴我嗎？最好是讓我親眼看看女兒前世的景象。」

「可以，弗拉狄米爾。」

「讓我看看吧。」

阿納絲塔夏說起女兒短暫卻不可思議的人生。與其說是我的女兒，不如說是靈魂粒子現在住在小阿納絲塔夏體內的那個小女孩。

4 進入不同的時空

弗拉狄米爾，你知道地球以前曾有冰河時期，冰河所到之處都造成了氣候變遷嗎？氣溫驟降使得多種植物無法生存，曾經長滿森林、果園和茂密花草的地方漸漸變成稀疏的山谷。當時住在其中一個山腳的居民認為無法在變冷的環境下繼續生活，於是決定拋下家園，出發尋找氣候比較宜人的地方。

男人走在前方帶隊，沿著他們的路徑可以看到伍德帶著孩子、女人和老人離開村落。這位一百二十歲的灰髮老翁走在十一頭長毛象的隊伍前方，這些長毛象身上載著藤編籃子，幾個小孩就坐在其中一個籃子裡，其他籃子則裝著食物，畢竟他們不曉得這趟路會走多久。

在長毛象隊伍的兩側，他的族人和原本生活在祖傳聚落的動物都在移動，有些坐在馬背上，有些則徒步前進。看來動物都知道必須遷到新的地方，於是跟著人走，只剩無法移動的植物留在原地等待滅亡。

伍德不停思考，試圖回答心中的幾個疑惑：

「大自然為什麼會發生這種誰都不樂見的變化？氣溫為什麼會驟降？

「這場浩劫是誰的旨意？

「這不會變成全球浩劫嗎？

「人類有力量阻止這一切嗎？

「是人類的行為造成這場浩劫的嗎？」

伍德明白，如果他找不到答案，他的孩子、孫子和整個家族都會面臨悲慘的命運。他看得出來，現在走在隊伍中的所有大人都將這場大自然變遷視為悲劇，他們一副若有所思的樣子，臉上露出悲傷的表情，甚至小孩也不講話、神情緊繃，反倒他最愛的六歲曾孫女阿納絲塔還在嘻笑，與帶隊的長毛象玩了起來。

伍德斜眼看著曾孫女與帶隊的長毛象玩起遊戲。她將七公噸長毛象的象鼻扛在小小的肩膀上，假裝自己拉著這頭巨大的動物。長毛象也陪著她玩，象鼻的重量當然都由牠自己撐著，壓在女孩肩上的重量只有一點點。阿納絲塔偶爾停下腳步，假裝喘口氣，擦去額頭上不存在的汗水，然後說：「噢，你好大隻喔，又重又懶的。」

長毛象看似認同地點點頭、揮動耳朵、用象鼻磨磨額頭，再把象鼻的末端放在女孩肩上，彷彿沒有她的幫忙無法移動似的。這個遊戲有趣又不會受傷，但曾孫女接下來玩的遊戲可就不得伍德喜愛了。遊戲是這樣玩的：

阿納絲塔沿著象鼻往長毛象的頭頂爬，牠也捲起巨大象鼻，用末端將女孩往上推。她爬到長毛象頭上後，坐一下子，騎著長毛象繼續往前，接著突然發出驚恐的「啊」，迅速地沿著象鼻滑下來。長毛象必須非常機靈，才能在女孩落地前一刻接住她，以免她摔到地上或被牠巨大的象腳踩到。

伍德在想過去的事，試著釐清為什麼會發生這場迫使族人遷離山谷家園的浩劫，但他的思緒一直被曾孫女阿納絲塔過去的生活片段打斷。他沒有把這些片段推開，反而很喜歡，這讓他不會一直難過地想著眼前的災難。

伍德甚至笑了出來，想到阿納絲塔曾在某堂課上反對別人提出的想法。他清楚地看到這個景象，每個小細節都看到。

伍德當時正在上課，在他面前，不同年齡的孩子和三個大人圍成一圈坐在茂密的橡樹下。開始上課時，伍德講了這些話：

5 扮演媒介的蛇

「很多人都知道，我們的先人盡力為地球上的所有生物決定使命。決定後，他們教導這些動物如何為人效勞，牠們再教自己的後代。由此可知，我們這一代和前面的世代一樣，獲得先人給予的恩賜。我們不應只是善用這個禮物，而是讓周遭所有地球生物的能力更完美。先人尚未決定使命的動物，是我們這一代人的責任。」講完這番話後，伍德從襯衫下拉出一條草蛇，繼續說：「舉例來說，我們必須找出當初創造爬蟲類的原因，以及這種動物能幫人做些什麼。」

大家靜靜地看著草蛇纏繞伍德的手，一位五歲的紅髮男孩率先舉手。伍德請他發言。

「我看過這條蛇，」男孩開口，「或類似的蛇爬上母山羊、吸乳頭的奶水。山羊站在原地，表示牠同意讓蛇吸奶。」

「是的，草蛇或其他爬蟲類的確會喝乳牛或山羊的奶水，你說得沒錯，伊索爾，但我們現在要回答的問題是，這種動物的存在能為人發揮什麼作用。」伍德提醒大家。

「我沒有忘記問題。」紅髮男孩繼續說，「我記得蛇吸奶的樣子，所以心想應該在這種動物的尾巴打洞，這樣牠在吸奶時，可以把有洞的尾巴放進水壺裝奶，這樣媽媽就不用費心擠奶了。」

這時傳來小朋友此起彼落的聲音。

「不能打洞在……」

「不可以打洞，這樣動物會痛！」

「如果動物不想，羊奶是不會從洞口流出來的。」

「打洞的最大爭議是草蛇會經歷痛苦，」伍德總結，「而且人類不該傷害地球的動物，你的提議不被接受，伊索爾。」

伍德想要討論下一個問題，但紅髮男孩沒有放棄。

「如果不能在尾巴打洞，還有別的方法。」他說，「這種動物在吸山羊奶時會越來越胖，因為體內都是羊奶。我們必須訓練牠們爬進屋裡，將體內的奶吐進水壺。這樣一來，人類就不用拿水壺去草地擠奶，有奶的動物也不需從草地進屋給人擠奶。很多動物都能爬進家裡，只要牠們看到水壺是空的，就要把奶裝進去。」
其他小朋友喜歡紅髮男孩的點子，開始不停地補充自己的想法。
「就算出遠門、離家很遠，想要時也能喝到。」
「我們必須訓練牠們在聽到特定的聲音時帶著奶爬向人，我們不用在草地四處尋找牠們。例如拍手或吹口哨，牠們就會立刻直接爬向人類。」
「但我不想喝蛇吐出來的奶，蛇可能會添加什麼東西。」一個女孩膽怯地說，但其他人馬上反駁。
「牛奶也是在乳牛體內呀，大家還不是喝了。」
「如果蛇真的加了什麼東西，也是讓奶變好，這種動物雖然都在地上爬，但隨時都很乾淨。」
「沒錯，蛇隨時都很乾淨，我從來沒有看過髒蛇。」
伊索爾聽著其他小朋友討論他的提議，驕傲得臉紅了起來。
「伊索爾，你的第二個提議值得深思。」伍德稱讚男孩，接著說：「我們下次再更仔細地討論你的第二個提議，到時會請大家思考，針對如何利用這種爬行動物提出意見或提議。現在我想請問大家，你們是否已經為認識的動物找到使命了？誰要……」

伍德尚未說完，就看到阿納絲塔舉起小手，手掌對著他。這個手勢代表她不同意某個說法，想在大家面前提出異議。

「說說妳不同意什麼吧，阿納絲塔。」伍德請她發言。

「我反對讓爬行動物把奶送到家裡。」

小朋友輪番反駁阿納絲塔：

「為什麼？」

「這麼方便幹嘛不要！」

「這種動物現在完全沒為人做什麼事，這樣牠們才能做些什麼。」

「這樣人才有更多時間做其他事情，不用親自跑去擠奶。」

女孩默默聽著大家的反駁，然後說：

「如果爬行動物為人送牛奶，人類自己就會變成乳牛。」

「妳在說什麼啊，小女孩？請妳解釋。」課堂上的某位大人忍不住開口。

阿納絲塔繼續說：

「人從乳牛、山羊、駱駝或其他動物身上擠奶時，會將自己的關注和感覺給予動物當作回報。如果人不是親自從乳牛身上取得牛奶、乳牛沒有得到人的關注，牛奶也不會好喝。如果透過蛇取得牛奶，人會把感激之情給予這種爬行動物。蛇介在乳牛與人之間，成為所有生物和人的媒介，以這種服務誘惑人、餵人喝奶，同時榨乾人要給所有地球生物的正面感受。」

所有人陷入沉思，安靜了好一會兒。

伍德腦中忽然出現一個畫面：一棵結實纍纍的蘋果樹下站著一男一女，女人開口：

「親愛的，你看，其中一顆蘋果成熟了，長得很漂亮。蘋果樹想把蘋果送給我們，伸手去拉樹枝、把熟蘋果摘下來吧。」

男人試著伸手去拉樹枝，但是碰不著。他想往上跳，抓住掛著熟蘋果的樹枝，但這時樹枝上出現了一條蛇。牠摘下了蘋果，尾巴纏繞樹枝吊著，一副熱心的樣子，將蘋果遞給男人。

「謝謝你，會爬的傢伙。」男人說完後摸了摸蛇。

這對男女離開前沒有謝謝蘋果樹，而是將感激的能量給了蛇。蘋果樹因此顫動了一下，有一半還沒成熟的果實紛紛掉到地上。

伍德打破沉默：

「妳的反對意見同樣值得深思，小阿納絲塔，我們先接受一部分。我們應該好好思考人類與地球所有動植物的直接連結，如果中間多了媒介的話，未來會有什麼後果。我建議之後上課再回到這個主題，但是現在……」他看著所有在場的人，「回到剛才的討論內容，請告訴我你們為認識的動物找到了什麼使命。」

6 蓋房子最重要的樂器

「我！我！」耐不住性子的小朋友紛紛喊道。

「好好好，」伍德點頭，「輪流發言，每人一次只能講兩種動物的使命。」

小朋友一個接一個從座位上跳起來，快速地說：

「乳牛和山羊產奶，牠們會吃草，每天走到人身邊讓人擠奶。」

「驢和馬的使命是在人不想走路時載人。」

「雞和鴨到處走、到處飛，但幾乎每天都會回來下蛋給人。」

「長毛象負責載運重物，把重物載去人指定的地方。」

每個小朋友輪流發言三次，盡可能把自己知道的動物使命說出來。伍德後來提出新的問題。

「誰可以告訴我，在哪些情況下不同的動物會合作，而人用什麼辦法指揮牠們？」

「我可以說嗎？」同一個紅髮男孩對著大家說。無人反對後，他看向伍德。伍德點頭同意他發言。「人想替自己蓋房子時，動物就會合作。人用笛子指揮動物，一開始先吹集合的曲調，把不同的動物和鳥類叫過來。牠們坐在人的附近等待，我們的祖先就是這樣教牠們的。人吹完集合的曲調後，溫柔地看著動物並鞠躬致意。這時有尾巴的動物開心地搖尾巴，回應人的關愛眼神。沒有尾巴的動物用其他方式表達開心，因為對所有動物而言，人類關愛的眼神就是最好的東西。接著人用笛子吹出不同的聲音，這時好幾隻熊跑出來，開始在人用樹枝標示的地方挖洞。當人覺得不用再挖大時，再吹不同的聲音示意熊回到原位，長毛象則隨新的聲音將石頭放進熊挖好的洞。這時，很多燕子會在人選定的地方上空盤旋，迫不及待地想聽到指揮牠們的曲調出現。等到人吹出屬於牠們的優美曲調，牠們立刻往四面八方飛走，反覆地銜著少少的土、乾草和毛絮，就是牠們築巢要用的材料。牠們把這些東西堆在石頭上，最後築出房子的一面牆。」

男孩語畢，伍德看到阿納絲塔再度起身、手掌朝著他舉手。伍德准許她發言：

「伍德老師，我想問你，你覺得蓋房子是件快樂又有趣的事嗎？」

「是的，」伍德老師回答，「這對會思考的人類而言，當然是快樂又有創造力的活動。」

「伍德老師，那為什麼要嚴格禁止小孩子做這件快樂的事呢？」

伍德知道阿納絲塔一直很想蓋自己的小屋，她在家很常提起這個話題，但伍德都會耐心地解釋為什麼小孩子不能蓋房子。如今她在大人小孩面前拋出這個問題，顯然是有原因的。

「她肯定在想什麼。」伍德心想並開口回答：

「如果小孩——特別是還沒完全領悟宇宙本質的小孩——拿起笛子吹奏，可能會不小心吹錯，讓蓋房子的動物感到困惑、無所適從。」

「伍德老師，我可以給你看個東西嗎？」阿納絲塔問。

「可以，如果和妳的問題有關的話。」

「有關。」阿納絲塔答完後唱起歌來，歌聲非常輕盈。她細緻的聲音唱出不同的曲調，都是大人在蓋房子時會用的曲調。

「她完全沒有出錯。」在場的其中一位長者小聲地評論。

「對啊，她都沒出錯。」另一人認同。

「你們知道嗎，她只聽過一次而已。」坐在最後一排倒木上的長者強調。「這小女孩的記憶力很好。」他繼續說道。

阿納絲塔唱完後問伍德：
「伍德老師，我有任何曲調出錯嗎？」
「妳沒有出錯，阿納絲塔，絲毫不差地重現這些曲調。」
「那我克服第一個挑戰了嗎？」
「算是吧。」伍德承認，「但還有其他條件。我們只破例一次，讓一位小朋友蓋房子。只要你們有一個人說出自己的設計，長者覺得很有創意的話，就會破例讓小朋友蓋房子當作楷模。」
伍德發現可以利用這個絕佳的機會刺激在場小朋友的創意，說道：
「我建議想蓋房子的小朋友在兩天後提出設計，我們會先討論所有設計並選出最好的設計，再讓長者看過後決定。」
伍德沒弄錯，最小到大一點的孩子都迫不及待提出獨特的設計，開始竊竊私語，顯然都在討論他們能為實行數百年的建築工法帶來哪些創新。伍德知道無法繼續上課，畢竟孩子無不忙著解決眼前的任務，他也不可能轉移他們的創意思考，所以宣布下課。
兩天後，小朋友期待已久的日子終於到來。很多人提早來到教室，沒有等到長者來便開始互相討論想法。到了指定時間，已有許多家長在場。上課開始，小朋友一個個興奮地介紹自己的設計。

按照規定，阿納絲塔被排在最後一個介紹設計。在她之前，就屬一個名叫艾倫的孩子提出的設計最好。他長得好看，比阿納絲塔大八歲，擁有優美的嗓音，家裡所有動物都將他視為大人般開心地聽從他的指令。村裡很多女孩喜歡他，包括阿納絲塔，所以如果他贏的話，阿納絲塔也不至於太難過。「至少是他，不是別人。」阿納絲塔心想。

最後輪到她介紹設計，她試著壓抑興奮的情緒，接著開口：

「乍看之下，我的設計和其他人現有的設計沒有太大的差別，我的創新在於牆壁——朝南的那面牆壁。我把蜜蜂築巢的原木放在牆上，等到蜜蜂帶回花粉、陽光使得原木中的蜂窩暖和了，蜜蜂會搧動小翅膀讓它通風。原木上有個小孔讓原木和屋子相通，所以蜂巢的空氣會將花香帶進人的房間。」

幾位大人開始竊竊私語，討論阿納絲塔的創意，最後伍德做出大家認同的決定——他決定將艾倫和阿納絲塔的設計都給長者參考。阿納絲塔並不高興，她不想與她心儀的男生成為競爭對手。

隔天長者來到下一堂課討論他們的設計，當時還有其他很多人參加，最後他們決定阿納絲塔的設計勝出。一位長相莊嚴的灰髮老翁隆重宣布結果，但他說：

「阿納絲塔，我們認為妳的設計值得考慮，確實是相當有趣的創新，但我們不能讓妳蓋房子。我們不能把蓋房子當作兒戲，只有決定共組家庭的男女才能蓋房子，這是不能違反的規定，妳同意嗎？」

阿納絲塔沒有回應，哽咽得無法說話。她當初用盡心思想出這個設計，除了想像以外，甚至感受得到自己的小小房子。在她的腦海裡，她已經住在屋內，睡在柔軟的床上，透過小蜘蛛織出的窗簾欣賞窗外的花圃，呼吸蜜蜂帶來的微微花香……就在此時，艾倫站了起來。

「我可以就這個不能違反的規定說幾句話嗎？」

他帶著疑惑看著長者，接著說：「這個規定當然公平，而且不能改變，但還是有辦法不讓阿納絲塔違規。」

大人小孩疑惑地看著艾倫。

一個聲音傳來：「這怎麼可能？」

「請容我讓大家看看。」艾倫說。

一位長者同意：「讓我們看看吧。」

艾倫走到阿納絲塔面前，拿下脖子上的家族墜飾，替阿納絲塔戴上。

「妳願意嫁給我嗎，阿納絲塔？」他問。

在場的所有人驚呼，阿納絲塔驚訝得不知所措，睜著水汪汪的雙眼從頭到腳看著眼前的男孩。

「妳願意嗎，阿納絲塔？」艾倫問。

阿納絲塔用力點頭，將自己脖子上的家族墜飾遞給艾倫，但艾倫沒有接下，而是在她面前跪下，讓她親手替自己戴上漂亮的墜飾。

旁人驚訝地看著一切。艾倫牽起阿納絲塔的小手，對著灰髮老翁說：

「阿納絲塔沒有阻礙了，這個不能違反的規定對她不適用。」

「是這樣沒錯。」長者開口，語氣有點不太確定。「但人通常是為了共組家庭而在一起，阿納絲塔年紀太小，還不能生育。」

「是的，」艾倫認同，「她還小，但她一天一天、一年一年地長大，總有一天會成為一位完全成熟的美女。我確信我會等到那一天，不會改變我的決定。」

長者討論後，同意讓阿納絲塔蓋小屋，條件是必須在十一天後拆掉，因為房子不能沒人住，而且阿納絲塔受限於年紀，不能與父母分居。

到了指定的那一天，祖傳家園聚落的居民幾乎全部來到小丘，阿納絲塔站在親手栽種的花圃旁。她事前已經用樹枝圍出小屋的範圍。她相當緊張，畢竟很多人會看著她的一舉一動，但讓她最緊張的是艾倫也在這些人之中。自從這位少年向她求婚、邀她一起生活後，她的心中對少年就有了特別的感覺。村長走到阿納絲塔面前，打開一個漂亮的盒子，裡面裝著蓋房子最重要的樂器——笛子。小女孩雙手顫抖地拿起笛子，小小的手指按住幾個小孔，將笛子放在嘴邊，但沒有發出聲音——阿納絲塔覺得開始前得先冷靜一下。她將笛子按在胸口，看著站在小丘上的人群，速度如閃電般地思考該如何冷靜下來，但越想卻越緊張。

這時一位少年從人群中走向阿納絲塔。是艾倫，他走向小女孩對她說：

「我也知道這個曲調，我會吹。妳已經圍出小屋的位置和大小，而且在競賽中勝出了，代表這會是妳的家。讓我來吹出這個曲調吧。」

小女孩淚眼汪汪地看著端莊的少年，嘴唇顫抖且興奮地低語：

「我想自己來，艾倫。謝謝你，但我要自己來，我必須這麼做。」

「那妳仔細聽我說，阿納絲塔。吸一口氣後憋住，憋越久越好，然後吐氣，但不要一次吐完，而是分成三次。最後一次吐氣時，盡量將體內空氣全部吐出，接著開始均勻呼吸。從第一次呼吸開始，妳要把注意力完全放在呼吸上，忘記周遭的所有事物，等到呼吸正常後就可以吹笛子了。我會站在妳的後面看著小丘上的人，不讓他們的注視和想法穿透過來碰妳，讓妳冷靜且有信心地蓋出夢幻小屋。」

阿納絲塔照艾倫所說的話去做，將笛子放在不再顫抖的嘴邊，接著……呼喚的曲調在整個空間流瀉。

不一會兒，野生動物開始從森林和草原聚集過來。數量足夠後，阿納絲塔停下曲調，站在一個橢圓形的中央，那個橢圓形是她未來小屋牆壁的位置。她接著吹起另一首曲調。三隻熊立刻跳出來，跑向阿納絲塔圍出的橢圓形，一邊聞一邊繞圈，然後開始在阿納絲塔擺放的樹枝旁挖洞。

牠們非常努力，這時突然兩隻小熊忍不住跳進母熊正在挖的洞裡。困惑的阿納絲塔停了下來，所有人愣在原地。母熊抓起一隻小熊的肩膀，拍了一下，把牠放到洞外，讓牠往外滾了一圈。母熊抓起另一隻小熊，用低吼警告牠們，然後望向拿著笛子的女孩，如指揮般揮動腳掌，阿納絲塔便又吹起笛子。

洞挖好後，阿納絲塔換了一首曲調——一首低沉、平靜且有節奏的曲調。這次長毛象一頭接著一頭地走向地洞，各用象鼻搬了一塊石頭放進地洞。長毛象持續地搬石頭，直到地洞填滿石頭為止。這時有節奏的低沉曲調換成類似鳥鳴的轉調，建築地上方盤旋的燕子彷彿收到指令般突然消失，不久後又出現，一隻隻停在周遭的石頭上，放下自己銜著的東西。

這群蓋房子的鳥雖然只能銜住小小的建材，但因為數量很多，動作又出奇地快速且統一，使得小屋的牆壁隨著優美的笛音轉調在眾人的面前漸漸增高。

7 不要操之過急

伍德不停回想曾孫女阿納絲塔的生活，甚至在想起某件事情時竊笑了一下。

當時接近傍晚，伍德在小溪洗完腳、準備就寢時，忽然聽到小孩的哭聲，或者說是啜泣聲。他看了一下四周，發現阿納絲塔正往他的方向跑來。她看起來不太對勁：臉上髒兮兮，洋裝上還有幾根乾草。她跑向伍德，中途還踉蹌了幾下，最後坐在外面的土丘上，掩面傾訴悲傷的情緒：

「我好慘啊，曾爺爺，我的人生完了。」

自從艾倫向她求婚後，這個小女孩一直想要快點長大。她一早起床不是先去水池洗漱，而是拿著一隻長竿、貼著牆面標記身高。到了水池，進到水裡之前，她會看著水面的倒影，思考自己何時才能擁有如成熟女人般的胸部——可以餵嬰兒喝奶的那種胸部。

「喝口水冷靜一下，小阿納絲塔，告訴我怎麼回事。」

阿納絲塔吞了幾口水壺的水，一邊啜泣，一邊向伍德訴苦。

「我就知道，曾爺爺，我就知道……她們都為艾倫著迷，因為他是最英俊、最聰明的人。我很擔心在我長大以前，會有成熟的少女搶走我的艾倫，讓艾倫愛上她。就在今天接近傍晚的時候，我看見她們——一群少女——走向山邊的林間空地，她們在討論我的艾倫。我再也等不下去了，不能等到我長大，我要馬上行動。所以我行動了。

「我拿起一塊煤炭，像成熟的少女那樣畫眼睛；我再拿甜菜畫臉頰和嘴唇，甚至用泥土遮住胎記，就是我額頭上的胎記。」阿納絲塔掀開劉海，讓伍德看她額頭上一顆像小星星的胎記。

「妳到底為什麼要塗掉額頭上的胎記，小阿納絲塔？反正別人也看不到啊，被妳的秀髮遮住了。」伍德藏住笑容地問道。

「是遮住了沒錯，但風吹來就會看到。」

「就讓人看呀，像我就很喜歡妳的胎記，它的形狀很像小星星。」

「嗚，」阿納絲塔又開始哭泣，「曾爺爺你喜歡，但我一點都不喜歡，感覺我被標記了一樣。媽媽額頭上沒有小星星，爸爸也沒有，伍德爺爺你也沒有。是誰畫在我的額頭上的？是誰讓我殘缺不全的？嗚……」

「沒有人讓妳殘缺不全，小阿納絲塔。正好相反，他們讓妳更漂亮了。如果妳對別人做好事，他們就會說，這個善行是一個額頭上有小星星的女孩做的；如果妳做壞事，別人可能會說，那是一個額頭上有髒汙的小女孩幹的。如果心美，別人也會覺得妳美。」伍德摸摸曾孫女的頭，接著問：「阿納絲塔，告訴我，為什麼妳的洋裝上有乾草？」

「我用緞帶把兩捆乾草綁在我的胸部，想讓胸部看起來像成熟的少女；我還在鞋跟塞了乾草，讓我看起來高一點，接著我就像個成熟少女般走到她們和男生聚在一起的林間空地。我在那裡看到艾倫與其他男生站在一起，女生聚在遠一點的地方一邊聊天，一邊偷看艾倫，艾倫也在看那群女生。」阿納絲塔又難過起來，邊哭邊說：「曾爺爺，我看到他在偷看，他在偷看。我知道他們等一下就會圍成一圈牽手跳舞、看著對方唱歌。我想我也可以加入，於是站進那群女生之中。

「其中一個女生盯著我一直看，看著看著結果大笑起來，那些站在艾倫旁邊的男生看到我也笑了。噢，我好慘啊！我好慘，伍德爺爺，我一個人站在原地，他們一直笑、一直笑，看著我笑個不停。還有一個男生笑倒在草地上，一邊笑一邊打滾。」

伍德往下看，憋笑地問：

「艾倫有笑妳嗎，小阿納絲塔？」

「艾倫沒有笑我，伍德爺爺，完全沒有，不過他打了我。」

伍德有些吃驚。「他打妳？他打妳是什麼意思？」

「就是我說的意思，伍德爺爺，他打我。他直接走到我面前抓我的手，像你抓小朋友的手那樣。」她哭著說：「我……我這麼想當大人……他卻……他卻像對小朋友一樣抓我，把我帶到矮樹叢後。他在小徑上把我放開，對我說：『阿納絲塔，快回家洗身子，別在這裡出糗。』我……我說我不要走，為了說服他，我跺了好幾次腳。他卻抓我的手打我，就像這樣。」阿納絲塔說完，打了自己的屁股，哀號了起來。「我被打又不幸福，結婚不成，還被拋棄。」

「什麼？他有拿走他的家族墜飾嗎？」伍德問。

「沒有，他沒有拿走。」

「這就表示妳還是已婚啊。」伍德對她解釋。

「還不是一樣，就算我結婚了，我依然是個被打的可憐蟲。」

「艾倫打妳的時候很痛嗎？」伍德問。

「不知道，爺爺，我不知道。我沒有覺得痛，但羞辱的感覺比任何痛強烈。」

「冷靜一點，小阿納絲塔，我看得出來艾倫是出於愛打妳的，他不想讓妳做出會成為別人笑柄的事情，表示他在保護妳，讓妳未來不會被人嘲笑。」

「出於愛？如果真的愛我還會打我嗎？」

「當然會，雖然這不是最好的辦法，但或許艾倫當時想不到更好的辦法了。還有，小阿納絲塔，」伍德一邊說，一邊幫她解開綴帶，將她胸前的乾草拿掉。「不要勉強自己當大人，妳不用花任何力氣就會長大的。現在妳應該把心思放在別的地方，我親愛的女孩。」

「什麼地方，曾爺爺？要想什麼？」

「躺在我大腿上吧，小阿納絲塔，我哼妳最愛的歌給妳聽，沒有歌詞的那首。」

阿納絲塔將頭躺在伍德的大腿上，又哽咽了一兩次後，聽到熟悉的曲調就睡著了。

阿納絲塔隔天開心又興奮地跑向伍德，還沒停下腳步就急著向他宣布：

「他來我的小屋了，他真的來了。一開始我從窗戶看到他的時候還想躲起來，但最後只像老鼠一樣安靜地坐在屋裡，讓他以為沒人在家。艾倫走到我的小屋、坐在門外。他直接坐了下來，伍德爺爺，然後他說：『我知道妳在家，阿納絲塔，妳是非常聰明又學得很快的女孩，我會等妳變成漂亮的女人。相信我，我會等妳，不過妳不要再操之過急了。』我在原地沒有說話，不再生他的氣了。我想跑出去抱他，像大人一樣親他的臉頰，但我沒有這樣做。我坐在原地，像老鼠一樣安靜，這樣才不會操之過急。

「艾倫在小屋門口坐了一陣子才起身離開，然後我就來找你說這件事了，伍德爺爺。還有我跟你說喔，伍德爺爺，艾倫坐在門外時，在牆上畫了三朵小花，一朵大的、一朵小的，還有一朵更小的。我跑出門外看到了這些小花，畫得很漂亮。」

伍德抱了阿納絲塔，對她說：

「表示妳不再是可憐蟲，也不悲慘囉？」

「我現在很開心，想做個特別又漂亮的東西，讓大家看了都會開心地說『很漂亮、很棒、很好』，艾倫聽了也會為我感到驕傲。」

「妳做了一個很好的決定，小阿納絲塔。在一瞬靈感之間創造漂亮的事物，唯有如此才能贏得別人的愛。」

8 需要思考

伍德回憶完後，看到曾孫女與走在象群前方的長毛象玩起新的遊戲：

「阿納絲塔，妳的遊戲會讓長毛象很緊張，這樣對待一個友善而毫無防備的動物好嗎？」

「伍德爺爺，我讓長毛象在緊張之餘感到愉快，消除牠難過的想法。伍德爺爺，我不也成功消除你不開心的想法了嗎？」阿納絲塔興奮地說。

「也是……現在很多人都不開心，這是有原因的。小阿納絲塔，妳難道沒有難過的想法嗎？」

「沒有，伍德爺爺。」

「所以妳不明白為什麼我們家族的大人不開心嗎？」

「我明白，伍德爺爺。他們因為冰河接近而不開心，很多植物都凍死了，不同聚落的居民被迫離開他們的祖傳空間，卻不知道何去何從，也不知道還要走多久。」

「是啊……」伍德意味深長地說，接著有點驚訝地問曾孫女：「要離開我們的祖傳空間，難道妳不難過嗎，小阿納絲塔？」

「我不難過，伍德爺爺。當初這種離別的難過想法一出現，我就立刻拋到腦後了，所以現在沒有這種想法。」阿納絲塔再次開心地說，同時在長毛象的鼻子上搖晃。這頭長毛象走在伍德旁邊，似乎知道要讓小女孩靠近她的曾爺爺，方便他們兩個聊天。

曾孫女的回答讓伍德感到驚訝，也激起他的好奇心。她是用什麼神祕的方法消除難過的想法？於是他問：

「小阿納絲塔，告訴我，妳是怎麼消除難過的想法的？用了什麼方法？」

「很簡單，伍德爺爺，我決定留下來陪我的祖傳空間。」

「留下來？妳決定了？但妳沒有留在那裡，妳和所有人都離開了，小阿納絲塔。」

「我現在是離開了，和大家一起去遠方，但中午抵達遠方的那座小丘時，我就必須回頭了，我要在傍晚前回到家鄉，這樣白天家鄉看到我才會開心。我現在已經很開心了，而且能夠想像家鄉看到我開心的樣子。」

伍德對曾孫女的回答不以為意，認為她在開玩笑或只在想像回去的樣子，以免一直抱持難過的想法。看到曾孫女如此機智，他決定順著她的話繼續聊：

「是的，整個空間看到妳一定會很開心，不過妳一個人在那裡要做什麼？」

「我要先在花圃周圍用土和草堆出小山，不讓冰河的冷風吹到我心愛的小花。小花開花時，我必須待在旁邊。如果沒有人在旁邊，小花會很難過，心想：『我為什麼要開花？如果沒有人因為我的美麗感到開心，我為什麼要開花呢？』但我會在小花旁邊而感到開心。」

「小花不會開花的，小阿納絲塔。到時會有前所未有的寒冷，大部分的植物在低溫中沒有辦法開花，祖傳家園面臨的是巨大的冰河。」伍德登上阿納絲塔剛才說的小丘時自言自語了一番：「是啊，巨大的冰河。」

「我會讓冰河停下來的，伍德爺爺。」小女孩跳下象鼻，突然說出這句話，接著激昂地說：「我還不知道怎麼做，但我一定會讓冰河停下來，家鄉會告訴我該怎麼讓冰河停下來。我感覺得到，強烈地感覺到家鄉會給我提示，而且我一定做得到。

「家鄉會給提示，一定會，可是大家離開了。沒有人想過提示，就算有提示也沒有人接收。大家一心想著怎麼離開、怎麼躲避寒冷，卻沒有人思考提示、思考如何拖住冰河。伍德爺爺，你之前還常在集會上告訴大家必須思考。」

伍德愣在原地，帶領象群的長毛象停下腳步，跟在後方的長毛象也停了下來。

這位滿頭灰髮的大家長若有所思地看著曾孫女，一句話也沒說。

伍德接著做了一個對他自己和其他人都無法解釋的反應。他指示象群兩邊的村民繼續前進，卻對阿納絲塔說：

「象群的最後方是一頭跛腳的長毛象，牠是這頭領頭象的兒子。妳認識牠，牠也最聽妳的話。帶牠一起回去吧，阿納絲塔，變得很冷時妳再和牠循著我們的足跡找我們。」

「謝謝你，伍德爺爺。」曾孫女開心地大叫，抱住他的雙腿依偎著他。「謝謝你！」

「我該怎麼和妳爸媽說妳要做什麼呢？」

「我回家後再跟他們說，現在不用告訴他們。再見，伍德爺爺。」

阿納絲塔蹦蹦跳跳地跑向最後一頭長毛象，伍德看著曾孫女遠去的身影，似乎尚未明白到底怎麼回事。他繼續上路，腦袋好一會兒沒有任何想法，過了數個小時後才問自己：「我怎麼答應了？必須思考。沒有人想過如何讓冰河停下，沒有人，只有她。」他接著開口：

「我做對了。」

9 長毛象丹

巨大的長毛象丹微微跛腳地走在後方，牠的體格和力量與父親不相上下——那頭帶領象群的長毛象。

在牠還小的時候，山上落下的石塊砸傷了牠的腳，村民便用繩子將木棍綁在牠的腳上，以利骨頭正確接合。丹大多時候只能躺在地上，不過在這段期間，牠也和三歲的阿納絲塔與她經常帶在身邊的小貓建立了一段感人的友誼。

小阿納絲塔時常探望躺在地上、腳上纏著繩子的長毛象，幫牠帶好吃的東西、溫柔地與牠聊天。她還把小貓放在躺地的長毛象背上，教會牠趕走長毛象身上的昆蟲和蒼蠅。

但最重要的是，她像大人教小孩般與牠們講話。

她將小貓放在長毛象身上後，會站在牠們面前，用小小的手指比向天空，同時仰望上方說出「天空」、「雲」和「太陽」這些詞，接著跪在地上撫摸小草，輕輕地說「綠色的小草」

和「小花散發花香」。

長毛象和小貓專心地觀察小女孩的一舉一動。經過幾天反覆的教導後，驚人的事情發生了。當阿納絲塔說出「天空」和「雲」時，年幼的長毛象和小貓前後望向天空；聽到「小草」時，牠們看著草地；聽到「小花散發花香」，小貓突然跳到地上聞起花的香味，就像小女孩先前做的一樣。

長毛象復原後，阿納絲塔持續地指導牠。這個小女孩喜歡把大人教她的每個新詞意義告訴她的四腳好友，年幼的長毛象和小貓也喜歡這位善良小女孩對牠們的關注。牠們有如好學生，中午都會走到阿納絲塔的花圃，小女孩通常也會在那裡，一課一課地指導她的學生。如果她有事無法出現，兩個四腳的朋友會在原地等待亦師亦友的小女孩，甚至等上數小時，或者主動去找她。

阿納絲塔六歲時，同樣長大的長毛象丹在外表上幾乎與成象無異，但牠的行為明顯與其他長毛象不同。

阿納絲塔的曾爺爺、同時也是大家長的伍德，比其他人早發現長毛象丹能懂人類的語言。他的結論來自以下事件：

伍德某天坐在大樹樹蔭下，用柳條編漿果籃。阿納絲塔常找曾爺爺聊天，喜歡聽他講故事、跟著他做任何事，那天也在他的身旁。愛講話的曾孫女滔滔不絕地分享她對採集漿果的看法，她告訴曾爺爺要把籃子編漂亮點，放在裡面的漿果才會好吃。

伍德當時注意到長毛象丹站在十步距離外，專心地看著阿納絲塔、聽著她的每一句話，似乎明白曾孫女說的意思。「牠肯定喜歡小女孩的語調和其中散發的能量。」伍德心想。伍德發現水盆沒水了，沒有辦法浸泡編籃子用的樹枝，於是請阿納絲塔去最近的泉源取水回來，但一向聽話且勤奮的曾孫女卻沒有急著照伍德的話去做，只是轉頭望向長毛象，迅速地對牠說：「丹，去泉源取水回來。」接著又若無其事，興奮地聊起漿果和籃子。

長毛象慢慢轉身，緩緩地一步一步往泉源的方向走去。阿納絲塔此時說了一句話：「丹，快一點。」巨大的長毛象便跑了起來。

伍德知道丹與其他的長毛象不同，牠不只是執行特定的指令，甚至遠比其他動物更懂人類的語言。牠瞭解字的意思，甚至明白整句話的意義。

長毛象將少許的水吸入鼻子，依照小女孩的指示注入放著樹枝的水盆。

「謝謝。」阿納絲塔稱讚長毛象，接著說：「晚上別忘了澆我們的花圃，你現在可以回樹林吃午餐了，你也看到我在忙了。」長毛象點頭示意，往樹林的方向走去。

「動物界幫助人類的極限在哪裡？」伍德心想，「人類可以指引動物到什麼程度？人類發明了車輪，所有人因為這項發明而驚喜，開始尋找各種應用方式，但對於早已出現、遠比車輪更完美的動物，我們卻不再研究了。我們人類真的做對了嗎？對周遭大自然生命的潛能和各種使命一無所知，會將人類帶往何處？」

伍德不斷地想著，這樣的想法也讓他的心情越來越沉重。

10 不要放棄，我的家鄉！我與妳同在

看到阿納絲塔跑來，丹開心地搖起頭來、動動耳朵，並停下腳步。巨大的長毛象向小女孩伸長鼻子，用鼻尖輕輕碰她的肩膀。她抱住長毛象的鼻尖，臉頰靠上去輕柔地摩擦，興奮地發號施令：「跟著我！」接著蹦蹦跳跳地跑向被人拋棄的祖傳空間。

長毛象迅速轉身，跑在阿納絲塔後方。阿納絲塔後來跑累了，示意長毛象停下，沿著象鼻往牠的頭上爬。爬到長毛象的背上時，她看到小貓也在那裡。牠早就已經長大，但綽號依然叫作「小貓」。牠蹭著小女孩的腿，發出呼嚕聲，表示牠的開心和忠誠。

他們三個在午夜前抵達被人拋棄的祖傳聚落，阿納絲塔叫長毛象去草原，接著進入自己的小泥屋，摸黑走到散發香味的乾草床鋪，躺上去後馬上就睡著了。

阿納絲塔在破曉時分醒來，她跑出小屋，眨眨眼、張開雙臂，身體迎向輕柔又溫暖的陽光。沐浴在陽光下後，小女孩跑向小溪，助跑後跳進清澈的水裡，激起了水花。

冰冷的溪水刺激著阿納絲塔的身體，但她依舊開心地玩水、笑個不停。她上岸後不停地跳躍、轉圈，似乎不知道該將滿滿的精力往哪兒宣洩，接著又跑向小丘。

冷風颼颼，小女孩將頭巾綁在腰上，再把沒有綁住的一端披在肩上。她靜靜地看著不久前家人還在生活的土地。

家鄉以前總能聽到大批鳥兒的啼叫和昆蟲的唧唧聲，現在卻一片死寂。草地經過寒冷的夜晚後變得蒼白，花園的大樹小樹不再開花，樹葉捲曲，看起來絕望的樣子。

祖傳空間在悲傷的寂靜之中一片萎靡，但生命依舊豐富多樣，茫然地聽著小女孩的聲音。突然之間，周遭的一切抖擻了一下……著急卻有自信的愉悅叫聲如同溫暖的光線打破了悲傷的寂靜：

「嘿——！嘿——！」阿納絲塔在悲傷的寂靜中大喊。「不要放棄，我的家鄉！我是阿納絲塔。我的家鄉，我與妳同在。」

她從小丘上衝到她的花圃，奔跑途中用雙手摸了摸樹幹和矮樹叢的樹葉。

「嘿——！」阿納絲塔又喊了一次，繞著一棵樹葉枯萎的大蘋果樹跑。

小女孩尖細高亢的愉悅叫聲打破了籠罩祖傳空間的死寂，這時忽然傳來低沉有力的叫聲

——長毛象丹聽到阿納絲塔的叫聲後從草原跑了過來，在路上盡全力地鳴叫。

小女孩旁也不停地傳來洪亮的喵喵聲——那隻綽號「小貓」的貓在用叫聲支持著阿納絲塔。

阿納絲塔站在她照顧的花圃旁，村裡的每個小孩都有自己的花圃。

花圃一側的小草變成灰色，花兒也凋謝了，只剩小女孩最愛的小花仍然含苞待放。小花垂著花苞，似乎想要開花。小女孩看到垂著的花苞時並不難過，反而看著它微笑。她不難過是因為她心裡想的不是垂著的花苞，而是綻放美麗的花朵。

她蹲在快要凋零的花前，小聲而輕柔地叫它：

「嘿，小花兒，我在這裡，快醒來吧。」

接著她含住食指，舉起食指判斷冷風吹到小花的方向。確定冰河的方向後，她側躺在小花旁邊，試圖用身體擋住寒冷的空氣。即便如此，冷冽的氣流仍然包圍了小花、刺著它的葉子，讓它無法挺直。忽然間，冷風停止了，阿納絲塔覺得背後暖暖的，轉過去才發現長毛象丹側躺在地，用牠龐大的身軀為阿納絲塔和她的整座花圃擋住冷風。

「你真棒，丹！好聰明！」阿納絲塔驚呼。

她抓著長毛象的毛，爬到牠的背上，對著冰河吹來的風開心且得意洋洋地大喊：

「嘿——！」冷風卻變得更強了。小女孩想了一下後轉到另一邊，揮著雙手大喊，好像在召喚某個看不見的人似的。長毛象舉起鼻子跟著鳴叫，小貓也叫了幾聲。

冷風平靜下來，過了一下卻又起風，只是這次是從另一側吹來暖風，拂過小花、長毛象，還有站在牠背上的小女孩和小貓。

僅存的幾隻鳥兒以歌聲迎接這道賦予生命的風。

接下來的幾天，阿納絲塔一直努力對抗冰河吹來的冷風，只要起風就會跑到小花旁邊。長毛象也養成了習慣，每次都會躺在小花旁邊擋風。

這一天終於到來，這朵起死回生的小花開花了。阿納絲塔跑向土丘，跪在小花面前，親吻它的橘紅色花瓣，嘴唇輕輕地碰它。她接著往後退兩步，欣賞眼前賞心悅目的奇蹟和這個不可思議的美麗創造——她的小花。

阿納絲塔體內迸出旺盛的精力，靜不下來的她開始在原地跳上跳下，跳著跳著變成了一段獨特且令人振奮的即興舞蹈，甚至丹也試著跳起舞來，不斷地換腳舞動。小貓開始轉圈，一下背部貼地，一下跳到空中。小花的橘紅色花瓣也在溫暖的風中對著他們搖曳。

阿納絲塔後來停了下來——她看到兩個少年站在山上。

11 相對的兄弟

兩名少年身高相當，同樣擁有健壯的體格，外表如出一轍，只有頭髮和眼睛顏色不同：其中一人是淺色頭髮和藍色眼睛，另一人則是黑色眼睛和深色頭髮。

兩人站在原地一陣子，似乎是讓阿納絲塔逐漸習慣他們出乎意料的現身，隨後才不疾不徐地走向小女孩。

「妳好，小女孩！」深髮少年向她打招呼，「小女孩，妳得快點行動。妳直覺上以為可以停下冰河，認為妳有能力改變神的安排。這當然是不可能的，但妳要繼續尋找這種力量。我想深入瞭解人類，也準備好告訴妳世界運行的方式，回答妳可能有的任何問題，不過妳得快點行動才行。」

阿納絲塔還來不及回答，另一位少年便開口：

「妳好，阿納絲塔。妳又漂亮又聰明，是個很棒的人，與偉大地球上其他許多美好的創造一樣。我的兄弟很懂世界運行的方式，但我認為妳最應該聽從自己內心的聲音。」

「你們好，願你們擁有光明、愉快的想法。」阿納絲塔終於有機會向兩位少年問好。

「別說了，」深髮少年打斷阿納絲塔，「每次都這樣，我甚至開始討厭聽到這種愚蠢、沒有經過大腦的慣用語了。我們是兩個人，我代表黑暗，為什麼要祝我有光明的想法？

「我代表黑暗，我的想法也是黑暗且帶有敵意的。這就是我，是我在神聖安排中的使命！」深髮少年越說越生氣。「如果我變成什麼光明懦弱、想法明亮的人，那就不是我了。啊，完全不會是我。懂了嗎，小女孩？在你面前的就會只有光明的傻蛋，但我們是兩個人！懂了嗎，小女孩？妳不能滿口光明，把妳的想法收回，說話時不能抱持這種想法，不能只是像鸚鵡般重複這些慣用語。」

「如果我問候的方式冒犯到您，我可以改成只說『你們好』。」阿納絲塔回答。

「這還差不多，但你們光明的……」

「你們是誰？」阿納絲塔好奇發問，「你們是哪個家族的？我從來沒有看過你們。」

「妳當然沒看過我們，沒有人看過我們，但我們無時無刻都顯現在人類的一舉一動中。」

深髮少年搶著回答，「無時無刻！現在當然是我比較常顯現出來，這真是棒透了。在我能量的主宰下，幾乎人人都面臨一個又一個的災難。」

「別說了，我天賦異稟的黑暗兄弟。」淺髮少年突然開口。「我們還沒自我介紹呢。」接著轉頭對小女孩說：「小阿納絲塔，妳要試著瞭解我說的話。我們兩兄弟是宇宙的兩個能量群。浩瀚的宇宙充滿大量的存在體，當神創造人類時，祂從每個存在體汲取等量的能量，以某種未知的方式讓這些能量達到內在平衡，給了祂所創造的人類。祂從一切之中創造了內在平衡的人類。

「當時我們都知道，人類一定會是宇宙最強的存在體，所以他們才不叫存在體，而叫人類。但我們並不清楚他們的力量、潛能和極限，而且這種力量何時可以發揮極限，宇宙萬物至今仍無法完全明白。即使我們和我們各自的能量無所不在，對此也一無所知。我們無影無形，充滿整個空間，舉凡水裡、每隻活生生的動物和小蚯蚓裡都有我們的存在，人類體內也有宇宙的所有能量。」

「您說你們是無影無形，」阿納絲塔驚訝地說，「但我看得到你們！」

「沒錯，妳看得到我們，那是因為我們凝結了空氣，以妳熟悉的形態現身。以天上的雲為例，妳知道雲也是水蒸氣凝結而成的，呈現各種奇特的形狀，有些像動物，有些像人的身體或臉龐。人體也是由凝結程度不同的水組成，創造者想必知道人體凝結的意義和比例，而且只有祂知道。我們的身體只有外形與人類相似，我的深髮兄弟代表所有黑暗的存在體，而我代表光明。」

「不過為什麼你們要以人的形態現身？」阿納絲塔問。

「這樣妳在聽到我們的聲音時才不會嚇到，不用浪費思想的能量去猜聲音從哪裡來。」淺髮少年回答。

「但為什麼你們要找我講話？」

「妳想要對抗大自然，更精確來說，妳想對抗星球浩劫。妳孤軍奮戰，相信自己有能力對抗，但我們知道這不可能。神在祂的安排當中也納入了災難，萬一人類走上了這條滅絕的道路，而災難確實也發生過很多次了。我們其實不會注意到妳在做什麼的，但宇宙萬物在妳花圃的小花綻放時顫慄了。依照神的安排，這朵小花應該早就凋謝了，但它卻開花了。」

「多虧了替它擋冷風的長毛象。」

「在妳建構的一連串事件中，長毛象只是其中一環。」

「我沒有建構什麼事件。」

「妳的思想建構了，小阿納絲塔。」

「所以你們的粒子也在我體內嗎？」阿納絲塔意味深長地問，「但我感覺不到。」

「人類是感覺不到我們的，尤其當我們在人類體內的粒子達到平衡時更是如此。在平衡的狀態中會出現第三種能量，而這種能量全宇宙只有人類才有。只要我們完全達到平衡，這種能量就會出現。這是一個萬能的全新能量，能夠創造新的世界，當中沒有什麼奧祕。這樣的人會成為宇宙的主宰、創造者，他的創造力是沒有人能想像得到。他的創造之偉大難以想像。」

「你們的粒子在我體內應該一點都沒有平衡吧，因為我沒有辦法停下冰河。」阿納絲塔嘆氣，「小花雖然開了，但祖傳空間四周的生命全都要凋逝了。」

「小阿納絲塔，妳正朝合而為一的目標邁進，可能下一秒鐘就成功了，但也有可能要在三千年後。所以宇宙的眾多能量想要盡力幫妳，這樣才能瞭解人類偉大的祕密和它們自己未來的命運。」

「你們說得可真有趣——不可思議的力量隱藏在相對兩端的結合中。但如果你們知道這種奇特的力量，你們兩個為什麼不自己結合呢？」

兩兄弟互看了一眼，望向阿納絲塔的祖傳空間，接著又看往不同的方向。他們遲遲沒有回答，似乎在思考如何解釋，小女孩也耐心地等待。

淺髮少年終於回答了。

12 你的生命受到什麼樣的安排？

「那是不可能的，我們兄弟倆的任務不同。」淺髮少年說，「我們都各受到了安排，但唯有透過人類，我們才能實現各自的任務，執行全面的計畫，並成為只有人類才有的新能量中的一份子。」

「但要怎麼在執行各自任務的同時又為整體做出好的貢獻，何況你們的任務完全相反？」阿納絲塔疑惑地問。

「當然可以，只要每次稍微超越對方就好。小阿納絲塔，妳開始走路時會先跨出一隻腳，另一腳留在原地，之後再跨出去，好像雙腳在競速一樣，但最終身體會隨著妳的想法前進。」

「你舉這什麼例子啊，簡直笑掉我的大牙。」深髮少年打岔，「如果你要把我們比成雙腳，那你一定是比較短的，我是超長的那隻腳。我踩一步，身體就能馬上跨越一座山，而你還在原地發呆、假裝前進的樣子。這已經是我第五次將人類帶向星球浩劫，執行我該做的任務。就算造物者的思想又讓一切重新開始，我還是會……呼！又一次的星球浩劫，這樣才不會亂了調。」

「嗯，我聰明的兄弟啊，你的確把全世界的生命帶往毀滅好幾次了，但毀滅沒有為你帶來新的發現和知識，也沒有讓你的力量變強，反而都讓人類獲得新的知識、再次重生。」

「但他們得先在地獄般的痛苦中消逝，所有知識跟著一起陪葬。」

「我們兄弟倆並不曉得造物者的安排，或許有一天在浩劫的前一刻，人類可以避免災難，在那一刻，你我都不知道的渴望會照亮他們的思想。」

「我受夠你那些光明的白日夢了。我光明的兄弟啊，你可真是狂妄。小女孩，妳要聽我說，不要相信他。」深髮少年對著阿納絲塔說，「小女孩，我會以妳懂的方式展現我全部的力量。我光明的兄弟說對了一兩件事，人類的思想的確是個巨大的能量，與我的不相上下，但遠遠超過他的。如果正確運用這種能量，人人都能改變世界。

「不過還有一種前所未見的能量思想——集體思想，這會在眾人的思想合而為一時出現。如果所有人的思想合而為一，與全人類的思想相比，我們兄弟倆也只是小螞蟻而已。

「但我知道如何避免集體思想出現。是我向人類拋出各種哲學推理和概念的，結果你們當中，有十億人凝聚了一種集體思想，另外有十億人也凝聚了另一種集體思想，否定了前者。小女孩，我是宇宙所有黑暗力量的化身，妳和我聯手一定所向無敵。我有個祕密計畫，妳會明白箇中奧妙、助我一臂之力的。

「一起讓人類變成我們的玩物，玩弄他們的心智。我讓妳統治人類，而妳要告訴我……」

「我不喜歡這個計畫，」阿納絲塔回答，並說：「我絕對不會加入，我覺得沒有人會認同您的。」

「妳不加入？小女孩，妳只是不知道這有多好玩罷了，妳可以隨心所欲地操弄人類的思想。

「別急著說沒有人會按照我的安排行動，妳看輪子已經發明出來了，目前還很粗糙，但之後人類會用一根桿子連接兩個木輪，完全按照我的計畫在走──我聰明絕頂的安排。」

「但輪子有什麼不好的？如果要把食物載給受傷的長毛象丹，用輪子運就很方便。」

「沒什麼不好，小女孩，簡直棒透了。這種輪子會越來越完美，大量的輪子被製造出來。人類接著會發現輪子在天然的地形上很難發揮作用，無法跨過小山、坑洞或很高的草叢，到時他們會在一大片土地上鋪一層石頭，讓輪子在上面順暢地轉動。

「會有越來越多的輪子在哀號的土地上轉動，上面載人，下面無情地輾人。

「小女孩，妳可以想想看，有什麼比這種可以把人類帶往毀滅的力量還強的？不過妳想不出來的，承認我的偉大吧。」

阿納絲塔陷入思考，但想不出任何答案，於是看向淺髮少年。面對她無聲的疑問，淺髮少年回答：

「小阿納絲塔，我的兄弟讓妳看到悲慘的景象，但這是他的任務，他算是盡忠職守了。我看到妳充滿疑惑的眼神，妳想問我，我是否也受到了安排呢？沒錯，而且我也希望妳加入我。」

「您的安排是什麼？」

「試圖瞭解造物者偉大的創造——人類，瞭解人類未來成就的偉大。」

「但難道地球上已經有的創造不是全部嗎？」阿納絲塔吃驚地問。

「事實上，小阿納絲塔，妳眼前是一朵漂亮的花，每種動植物都是完美的個體，但他們同時相互牽連。所以說，造物者創造的地球既美好、和諧又完美，但這不表示這個世界不能再更完美。

「我們可以將造物者的創造視為璞玉，我們要讓它更完美，創造一個前所未見、超乎想像的完美生命。」

「但誰能做到比完美更完美？」阿納絲塔驚訝地問。

「完美誕生的人，也就是天父的兒女，例如妳，小阿納絲塔。」

「我？但我無法想像怎麼改變既有的創造，像我就完全不想改變我花圃裡綻放的花，就算只變一點點我也不想。我甚至覺得不管怎麼改變都會破壞它的完美。況且為什麼要改變小貓？或者是長毛象丹，要怎麼讓牠更完美？改變牠的鼻子、耳朵？怎麼改？有什麼目的？」

「但小阿納絲塔，妳其實已經改變長毛象丹了。」

「我才沒有改變牠。」她驚訝地反駁。

「妳的確沒有改變牠的外表，但妳的長毛象丹能夠執行的人類指令，已經遠遠超越地球上的其他長毛象，而且丹對指令的理解也有程度上的不同。如果妳把牠拿來與其他外表類似的長毛象相比，妳就會明白。」

「我現在懂了，牠的確比其他長毛象聰明，只是我沒有想過這點。」

「懂了吧？不是只有外在和體格重要，內在和使命重要多了。是妳創造並定義了丹的內在和使命，讓丹雖然在外表上與偉大造物者創造的其他長毛象無異，內在卻大不相同。現在牠是妳和造物者的共同創造成果，說不準誰的功勞比較大，畢竟長毛象丹改變的地方，不僅是牠能夠執行人類日常所需的大量指令，牠也變得更聰明、忠誠、靈敏了。妳還記得妳有一次在大樹下的乾草上睡著嗎？妳醒來時發現長毛象丹一動也不動地站在旁邊，妳還很生氣，因為牠身上有臭味，似乎沾到了髒東西，故意跑來用臭味干擾妳睡覺。妳起身，準備穿越濕漉漉的草地走回家，但在動身前，妳不開心地對著長毛象丹說：『丹，你每次都脫隊，這次沒人叫你，你還自作主張地過來，回去你的草原，去找你的兄弟。』

「妳轉身離開，赤腳走在濕漉漉的草地上，甚至沒有回頭看一眼。小阿納絲塔，妳還記得草地是濕的嗎？」

「記得。」

「那妳知道為什麼長毛象丹會這麼臭嗎？」

「不知道。」

「妳睡著時下了一場大雷雨，人和動物都知道閃電常常打在大樹上，所以丹看到妳睡著又下起大雷雨時，才驚慌地脫離象群，跑到妳身邊。牠沒有叫醒妳，而是站在旁邊替妳遮雨。閃電擊中了妳上面的樹，一根樹枝著火掉了下來，原本會砸中妳的，但長毛象丹用鼻子將樹枝撥開。後來又有樹枝著火，丹一樣撥開了，但火花落在牠頭上的毛燒了起來，發出臭味。燒起來的地方讓牠非常難受，但牠始終站在妳身旁一動也不動，保護正在睡覺的妳。後來妳指責牠不乖、轉身離去時，牠甚至生氣不起來，也忘了疼痛。牠反而很開心，因為妳沒受傷；而且牠在自己照顧傷口時，還溫柔地想著妳。」

阿納絲塔跳了起來，奔向站在不遠處的長毛象。牠開心地點點頭，阿納絲塔抓著牠的鼻尖輕拍了幾下，臉頰貼上去還親了牠一下。長毛象站在原地不動，瞇著眼睛。即使小女孩轉身回到淺髮少年面前，長毛象仍然維持同樣的姿勢。

「我明白了。」阿納絲塔告訴淺髮少年，「長毛象丹的確改變了，可能是牠自己變的，也可能是我幫牠的。牠確實和造物者創造的其他長毛象不同。

「所以人都有改造生命的權力嗎？」

「有的。」淺髮少年回答，「妳想一下要依循哪種安排呢？」

「依循好的。」

「那就去定義它、去選擇、去創造。」

「您是說，祂在創造世界萬物時，沒有創造人類生活必須依循的安排嗎？」

「我認為祂給了人類很多選擇，但祂自己只夢想著其中的一種。」

「是什麼？」

「只有人類能找到解答。」

「要去哪裡找？」

「在自己身上，用頭腦想像、分析、比較地球上不同的生活機制。」

「所以說，人類住在地球上，卻完全不瞭解造物者的安排嗎？」

「人類擁有豐富的知識，知道如何利用大自然的潛能幫助發展，但人類也有各種自由，包括運用技術治理的方式取代自然潛能的自由。人類可以自行決定是否利用大自然深層的內在能力，例如一棵活生生的樹木在成長時可以感受到自然的節奏，適應這個節奏，並依照環境狀況調整自身的狀態；人類也可選擇運用枯樹表面的外在資源。當人類走向技術治理的發展道路，運用的就是表面的資源，也就是將樹木用於燃料或建材等用途。

「人類總是莫名其妙選擇走上技術治理的道路，而且每次都無可避免地招致災難，這種情形不只發生一次。所有的地球浩劫都是人類的思想造成的，先有思想後有行動。」

「但害我家族離開家園的是冰河，這不是人造成的。」

「小阿納絲塔，妳的家族已經走上技術治理的道路，所以根據生命的走向，冰河會來毀掉一切，但之後會有新的生命，為人帶來理智的新希望會出現。如果有人阻擋冰河，但這只有一個人做得到，妳的家族又會生活在技術治理的世界，遲早還是會走向毀滅的。如果有人找到阻擋冰河的方法，避免一次浩劫，下次的確有可能再避免一次。在下次浩劫的不久前，他會讓人明白他們的選擇是錯的，他會啟迪人心、避免災難。人類到時能夠選擇新的道路，一步一步謹慎地拆除自己致命的發明，但要在技術治理的世界啟迪人心是很艱苦的奮戰。

「在技術治理時期生活的人類不再是明智的了，所以不能訴諸他們的理智，要從感受下手，透過感受告訴他們神聖安排的本質。想要做到這點，必須先自己感受、瞭解這個本質。」

「但您還沒明白嗎？」

「還沒完全明白，不可能完全明白的，就像要完全弄懂我兄弟的安排一樣。不可能完全明白的……『完全』本身會讓人停滯不前。以妳讓長毛象更完美來說，我就沒有看到極限。」

「那其他動物呢？」

「其他動物也是。小阿納絲塔，妳知道所有動物都會繼承上一代的習慣和技能，這表示後代都會比前一代更完美一點。如果人類為所有動物找到正確的使命，如果後代繼續讓周遭的動物世界更加完美，為人除去生活的大小煩惱，人類的思想就能釋放，用在更重要的成就上。」

「或許真是如此，但這大概只對動物管用吧，我從沒想過讓花更完美，因為它已經非常、非常完美了。」

「我也這麼覺得，小阿納絲塔，不過妳漂亮的小花只是造物者送給女兒的顏料，讓她用在未來的創造之中。」

「為什麼是顏料？花是活的。」

「沒錯，它當然是活的，而且是獨立的個體，但在有生命的美麗圖畫中只是一小部分。

「看看妳的花圃，裡面長得最美的非妳最愛的小花莫屬，但如果妳多種兩三朵同樣的花，花圃的樣子就會改變。之後妳再種品種不同但一樣漂亮的花，花圃的樣子又會不同。

「妳還能以不同的順序種其他花，讓這片有生命的景色更完美。完美沒有極限，追求完美才是神的安排。」

「所以說，人被創造出來是為了讓周遭的一切更漂亮、更漂亮，讓造物者送給人的世界更完美嗎？這是人類最大的使命嗎？」

「創造有生命的美好景象、瞭解並完善動物世界，這當然是人類的重要使命，但我認為最大的使命是別的。」

「是什麼？」

「當人完善神聖的世界時，自己也一定會變得更完美，而且這種現象沒有極限。人類的面前會開展無限的潛能。」

「但為什麼人類會變得更完美？畢竟人類沒有受到任何指引啊！」

「小阿納絲塔，妳創造了一座美麗的花圃，妳的經驗讓妳瞭解該怎麼做，所以妳明年會試著讓自己的創造更好，利用經驗和感受做到這點。也就是說，在第一次創造之後有了經驗、知識和感受，便可以創造更完美的東西，這代表是妳的創造本身在指引妳。

「在神聖有生命的大自然中創造，這就會使創造者更完美。「這種偉大的創造沒有終點，是永恆的。」

「我好想生活在這麼美好的世界裡，萬物都可以永無止境地變得更完美。創造者使創造完美，創造本身也使創造者完美。我希望爸爸媽媽、哥哥們、伍德爺爺和整個家族都住在這個世界裡。」阿納絲塔露出微笑、眼睛發亮。「我一定要阻止冰河，要怎麼做？有什麼方法？」

「人類的思想是宇宙最強的能量，其中潛力無窮，必須學會如何正確使用。但要怎麼運用、透過什麼方式，沒有人知道，只有人類有能力發現。」

「我的思想大概還太小、不夠強吧。」阿納絲塔難過地嘆氣。「我想要阻止冰河，但它越來越近，每天也越來越冷，表示我的思想太微小了。

「如果長毛象丹知道怎麼思考冰河的話……牠的頭很大，牠的思想一定也很大、很強。」

阿納絲塔跑向長毛象，拍拍牠伸長迎接的鼻子，激動地說：

「丹，你這麼大隻，頭也很大，一定有大大的思想吧。快點用你的思想，丹，讓冰河停下來，不然你都只在聽人說話而已。丹，至少去一下草原吧，那邊的食物越來越少了。」

長毛象丹用鼻子末端摸摸女孩的臉頰和頭髮，緩緩地轉身離去。綽號「小貓」的貓咪追了上去，跳上長毛象的腿，抓住牠的毛往上爬到背上。

「小阿納絲塔，妳和妳的小夥伴該離開這裡了。」淺髮少年對小女孩說。「那座山的後面已經結冰了，雖然不是主要的冰河，但足以推動庇護山谷的山，毀掉你們家族生活的花園和房子了。而且每天溫度越來越低，冰河主流會推著冰層，讓山慢慢移動，這在幾天之後就會發生。」

「我不會離開這裡，我要看到它──那座冰河，瞭解為何它要入侵我們的土地。我要想辦法讓冰河停下來，明天早上我會爬上那座山親眼看看冰河。」

淺髮少年向小女孩鞠躬道別：「願妳擁有成功且精準的思想，小阿納絲塔。」接著轉頭對著兄弟說：「走吧，兄弟，離開小女孩的視線範圍吧，別打擾她了，也許她真能明白、瞭解如何控制思想。」

「走就走，你才是最大的阻礙吧。剛才都是你在講大道理、不停聊天的。」

「噢，等一下，拜託等一下！」阿納絲塔突然一振，「你們都說了自己受到的安排，代表我一定也有安排，但是我從來沒有想過，難道這表示我沒有嗎？」

「小女孩，我們要離開了。妳要快點思考，不要偷懶，沒有多少時間了，只剩兩個日出。」深髮少年說，但沒有回答她的問題。

兩人接著離開。

13 是誰控制我們的思想？

現在只剩阿納絲塔一人，她緩緩地走在山谷枯萎的草地上，她的家族不久前才在這裡生活。在一片寂靜中，她試著思考如何控制自己的思想。

小女孩心想：如果思想是最強的能量，有什麼可以控制它？如果我有這種思想能量，我體內有什麼比它更強的呢？為什麼聰明絕頂的長老們在集會上教了我們一切，唯獨漏掉如何控制思想呢？難道是他們不知道嗎？

最強的能量仍然控制不了，一下往某個方向去，一下又朝另一個方向去。就算我的體內有這種能量，但如果沒有辦法控制，那它也不屬於我。或許有人可以誘惑這種能量到他身邊、與它玩玩。既然它在我體內，表示它在跟我玩某種遊戲，我卻不知道。

阿納絲塔不斷地思考思想的力量，就這樣到了日落；甚至到了就寢時間，她仍絞盡腦汁地想。

隔天早上起床時，阿納絲塔未如往常般看到長毛象丹站在小屋旁。牠以前總在小女孩起床時站在旁邊，但今天不在。阿納絲塔在小河沐浴時，丹仍然沒有出現。她開始叫牠，對著草原的方向大喊：「丹！丹！」牠依舊不見蹤影。前天晚上小貓不在她的身邊，早上也沒有出現。

阿納絲塔認為牠們離開了。長毛象得吃大量的植物，但植物越來越少，所以為了避免平白無故地餓死，丹才離開，小貓也跟牠走了。「但我不會離開。」阿納絲塔心想，將草纖維織成的被單披在肩上，毅然決然地往山的方向走去。山後的冰河正步步逼近。阿納絲塔沿著小徑爬向山頂，又開始用力地思考如何運用人類的思想這種最強的能量。該怎麼做才能讓冰河停下來？

上山後，她站在山的頂端，迎著風將披肩裹住身體。凜冽刺骨的寒風吹亂她的頭髮，使她額頭上的星形胎記露了出來又被蓋住。但小女孩沒有理會寒風，只是一直觀察下方的情況。下方的山腳沒有任何綠地了，從這一頭到那一頭，視線所及都是冰河。

一塊塊的冰往山的方向前進，個個巨大無比，但這還不是主要的冰河，後面還有更大的冰層推著。阿納絲塔心想，看來這座山擋不住這麼巨大的冰河。

山的一邊冷到沒有植物了，另一邊也將如此。接著彷彿被她說中，她聽到冰層碎裂的聲音，一道水流和碎冰從下方傾瀉而出。冰層順著融冰越來越靠近山，一路上不停地鏟起前方的土、推著倒掉的樹木。

阿納絲塔望向最高的冰層，被眼前的景象嚇到了。長毛象丹站在那裡，頭頂著巨大的冰山。在這龐然大物旁，長毛象看起來也沒這麼大了。

阿納絲塔馬上想起，丹曾認真聽她說思想的能量可以做很多事情；她也想起自己告訴過牠，牠的大頭裡一定有很大、很強的思想。牠以自己的方式理解這句話，心想如果用牠裝著大思想的大頭頂住冰層，說不定就能讓冰河停下來。

阿納絲塔拔腿沿著小徑衝向山腳，去找站在那裡的長毛象丹。強風和刺骨的雪花將小女孩的披肩吹落，但她沒有撿起來。她跳上一塊岩石，結果沒站穩，滾了下來，摔個四腳朝天。她起身後又繼續跑。

跑到丹的腳下時，她看到……長毛象頭下的冰塊凹了一個小洞，部分的冰開始融化，細細的融冰沿著象鼻流了下來。

長毛象在寒風中顫抖，阿納絲塔在牠的腳下看到同樣冷得發抖的小貓。牠和丹一樣用頭頂住冰塊，想要阻止冰河前進。

「嘿——」阿納絲塔大喊，「嘿——！」

但是長毛象和貓沒有理會她的叫喊。小女孩抓起冷得發抖的小貓，擁入懷中開始摩擦牠的身體。當牠稍微暖和後，阿納絲塔將牠推到長毛象的背上。小貓使盡全力卻仍跌了下來，第二次才成功爬上去。

阿納絲塔站在岩石上，想辦法靠近長毛象的耳朵並輕輕地對牠說：

「丹！我忠誠的丹！你聰明又忠心耿耿，你很善良，也知道思考，雖然不見得是對的，但我們可以想辦法解決。思想不是只在腦中，而是隨處可見。丹，你得回到山的另一頭。」長毛象站在原地不動，身體偶爾哆嗦一下。阿納絲塔又對牠耳語：「我是阿納絲塔！你聽到了沒，丹？我是阿納絲塔，我不會把你獨自留在這裡的。轉頭看我，丹。」

長毛象緩緩把頭移開、轉頭看向小女孩。牠額頭茂密的毛髮全濕，看著小女孩時幾乎睜不開眼睛。牠使勁舉起鼻子，用末端觸碰阿納絲塔的肩膀。牠的鼻子相當冰冷，阿納絲塔用雙手握住象鼻，邊摩擦邊哈氣，覺得這樣可以幫牠暖暖身子。小女孩的確溫暖了牠，但不只是哈氣給牠的溫暖，還有一種更溫暖、更有意義的東西。長毛象聽從阿納絲塔的命令，讓她牽著鼻子走，如同牽手般帶領著牠。丹寸步難行地終於爬上山頂，筋疲力盡的小女孩坐在倒下的樹幹上，指向依然翠綠的山坡，命令長毛象下山。

「去吧，丹，下山走去你的草原，好好休息恢復體力，那裡還有東西吃。」阿納絲塔堅定地說：「去吧，丹，下山。」

長毛象聽從她的命令，緩緩地沿著小徑走向依然翠綠的山谷。走了十步後，牠轉頭對著阿納絲塔將鼻子高高舉起大聲鳴叫，就像上次那樣鳴叫一樣：當時阿納絲塔在山谷間奔跑，請求家鄉不要在冰河面前放棄，大喊一聲「嘿——」打破寧靜時，長毛象也跟著鳴叫。

阿納絲塔像上次那樣用力大喊「嘿——」，揮手示意牠繼續往下走。丹依從主人的命令緩緩下山，她卻……

稍事休息後，阿納絲塔站在石塊上，再度望向前方一片冰川的景象，她輕柔而堅定地說：

「我是人！我的思想強大，我要用我的思想對抗你，冰河。你馬上停下來，退到你原來的地方！我用思想命令你。」

下方再度傳來冰塊碎裂的聲音，冰河依舊緩緩靠近山。一陣寒風吹向小女孩的胸膛，似乎想把她吹倒。

「退回去，冰河，我命令你！退回去！」冰裂聲再度傳來，冰河仍往小女孩的方向前進。

阿納絲塔沉默了一會兒，望著不斷前進的冰河，接著突然露出微笑。

「我懂了，你從我的思想得到養分，冰河。我懂了，現在你會消失不見！」

阿納絲塔轉身背對冰河，坐在樹幹上，望向她依然綠油油的山谷。她看到的不是快要凍死的花草，而是想像一片姹紫千紅的草地，想像樹上長出雪白色和粉紅色的花朵，鳥兒啼叫、蚱蜢在草叢間跳躍；想像伍德爺爺回到山谷，整個家族的人也一起回來，阿納絲塔赤腳跑在草地上迎接他們。她越想越快，越想越快……

阿納絲塔的思想不停加快！她剎那間輕撫數億株小草，每株小草、一株也不例外地從根到莖都想像出來。她讓陽光照著每株小草，用雨水滋養它們、用微風輕拂它們。

阿納絲塔在倒樹旁邊的石塊上睡著了，寒風不停地從背後吹著她。她雖然睡著了，思想仍一直加快。

思想就像疾速的閃電一般，碰觸了周遭的一切，萬物因而甦醒，空間中誕生新的生命，阿納絲塔的整片家園似乎從沉睡中醒了過來。即使小女孩阿納絲塔一睡就睡了數千年，她的思想依然繼續運作。

她的思想——強大的人類能量——在山谷上方遊蕩，輕撫著昆蟲、小草、小貓和長毛象丹。

冰河開始顫抖、碎裂，連前進一毫米都辦不到。冰河漸漸融化，融冰沿著山谷外圍流入河川和湖泊。

冰河融化了，無力抵抗人類思想這個宇宙最強的能量。

14 這些人會往哪裡去？

冰河融化的水形成一條大河，湍急的水流沿路帶走石頭和倒下的樹木，沖走表層肥沃的土壤、帶走地上的植被和在裡頭生活的所有生物，不過村民被迫捨棄的家鄉山谷沒有受到可怕的水勢侵襲。

山谷的樹葉枯黃掉落，也聽不到任何鳥鳴，但有些植物仍然奮力生存，適應這個地方罕見的低溫，甚至阿納絲塔最愛的小花仍在一度美麗的花圃中活著。

山谷受到山脊的屏障，小女孩阿納絲塔就在某座山峰上沉睡，一睡就是數千年。

兩位健壯的少年站在山腳，頭髮一深一淺，看著一顆突出地面的巨大花崗岩，水流過時分成兩邊。

深髮少年幸災樂禍地說：

「這些失去理智的人類活該。水會在兩天內慢慢沖蝕石塊的底部，最後石塊倒下，讓致命的河水流入山谷。水會變成湍急的瀑布，沖裂並帶走山上的石塊，漸漸侵蝕這座山，然後將整座山沖走。從山的右側過來的水流將這顆巨石沖開後，會流入成形的裂縫，讓裂縫越來越大，最後改變水的流向。」

「是啊，如果這個石塊在兩天後倒下，水在流入山谷後方的斜坡、造成淹水而在水勢趨緩前，會先湍急地流入小阿納絲塔家鄉的山谷。」他接著說：「我真後悔化為人形，我們應該變成強壯的動物才對，頂住這個石塊。」

「哈哈，他居然後悔自己不是強壯的動物！你當然可以化為動物的形體，但你也會變成像動物一樣。你這樣就不能和人一樣講話，也不會知道石頭很快會被水沖走。而且你怎麼老是在講『家鄉的山谷』、『小阿納絲塔』，這對她都沒有差別了，她的靈魂已經飛到浩瀚的宇宙了。」

「飛到……是啊。」淺髮少年若有所思地輕聲說，「思想已經小心地保存在靈魂之中，夢想也是。意識、偉大的知識。無論如何，她都讓冰河停下來了。神的女兒透過感覺理解了人類思想的力量，稍微改變了神的安排。」

「一點也沒錯——稍微！你看看你的用字多麼含蓄、矯情啊！我換個說法，就只改變了一點點，一點點。你呢？說什麼『透過感覺理解了』、『神的女兒』……」深髮少年模仿他的語氣，後又激動地說：「不管怎樣，滾滾洪水都會流入山谷，追著那群蠢蛋。他們甚至不會懷疑這場災難的原因正是他們自己——他們的思想和行為導致他們從大自然進到人造世界。他們的渴望雖然才剛剛萌芽，但你我都知道這些渴望對他們自己、對地球，甚至對全宇宙而言會有多大的破壞。為了不讓他們受苦、不讓他們撕裂地球的空間，根據神的安排，必須在可怕的渴望萌芽初期摧毀人類。大水會找上他們，洶湧澎湃的洪水、石頭、倒落的樹幹和之前還活著的生物的屍體，都會毫不留情地流向他們。

「他們聽到轟隆聲時，起先會覺得不對勁而加緊腳步，但隨著聲音越來越大，他們會在遠處看到一座致命的高牆逼近。對他們而言，這將意味著一場全球性的洪災。所有人會受恐慌襲擊，包括他們的長毛象、貓、小孩和老人。靈魂將飛往宇宙，只有恐懼留在體內。」

深髮少年諷刺且激動地模仿人類受恐慌襲擊的表情和動作：母親將嬰兒擁入懷中；有人跪在地上高舉雙手，苦苦哀求老天保佑；有人用盡最後一絲力氣逃跑尖叫。深髮少年開始奔跑繞圈、哀號，臉上露出恐懼的表情。他後來停下來，看著村民離開的方向說：

「我臉色蒼白的兄弟啊，你知道這些人會有什麼無法避免的命運嗎？這樣看來，山上睡著的那個小女孩沒有為神的安排帶來實質的改變。」

「兄弟，我不喜歡你這樣模擬人類的未來。身為宇宙能量體的我們可以做點什麼，我們不應袖手旁觀。如果我們冷漠以對，表示我們根本不存在。」

「如果這種未來無可避免，你喜不喜歡又何妨？」深髮少年嗤之以鼻。

他沒聽到兄弟回答，於是馬上轉頭，卻看到……他的淺髮兄弟已經站在花崗岩下方，用肩膀和雙手獨力撐起岩石，使岩石兩旁的水流變得很小。

「沒有意義又不理性的愚蠢行為。」深髮少年過了一下才開口，後來又沉默了好一會兒，似乎在想什麼。他接著又有力氣羞辱兄弟，想證明他的行為毫無意義：「這裡沒有別人，所以沒人笑你的行為有多愚蠢。你站在花崗岩下方之前，根本沒有算過那有多重。水會一直滲進去，不斷沖蝕撐起岩石的底部，這表示你越扛越重。你懂嗎，你這臉色蒼白的蠢蛋？」

「我會靠意志力把自己濃縮成花崗岩的密度，這樣我就撐得起來。只要撐兩天，我撐得住的！」體格壯碩的淺髮少年說。

「哇！好一個『我撐得住』、『濃縮』啊……去吧，濃縮成花崗岩的密度。你有想過腳下支撐的面積嗎？現在支撐的面積只有你的兩個腳掌大，到了第二天中午，所有重量壓在你身上，你就會像花崗岩柱般陷進去，把體積較小的石頭擠開。等到陷入的深度及膝，水流就會把花崗岩沖到一旁。」

「我會伸直雙臂，這樣就能再撐半天。」

「撐是撐得住，但撐不了半天，頂多一小時，之後就會發生土石流，真是腦袋不清又固執的人。神的安排自創世以來從未出過任何差錯，這點我很明白。既然人類踏上荒唐的發展道路，最好在路途一開始就讓他們沉睡，說不定新的地球文明會瞭解自己的使命，到時我們也能理解。宇宙會看到新的行為，不是現在這般粗糙的行為。這不是地球第一次透過災難清理人類累積的髒汙了。

「你救的到底是誰？未來親手為自己和所有地球生物創造地獄的人類嗎？需要我提醒你技術治理的道路未來會將他們帶往何處嗎？需要我提醒你嗎？你怎麼不說話？哈，你可真行！正在濃縮、石化呢，現在講話有困難了嗎？那就不要講話，很好！就跟石像一樣站著，看看你想拯救的人類未來會有什麼景象。我一直很欣賞他們，他們身上有最不開化的愚蠢、荒唐和空虛，但你不喜歡看這些景象。現在就給我好好看，我臉色蒼白、石化而動彈不得的兄弟。看吧！噢，不，得先讓你聽不中聽的話。

「如果離開山谷的那些人沒有滅亡，他們將走上技術治理的道路，繼續繁衍，一代又一代地破壞、摧毀及改變偉大的地球和諧。他們會殘害動物，殺死天生為他們服務的動物。他們用完全活生生的『材料』建造各種沒有靈魂的裝置，還將這種行為稱為『工業化』、『科技發展』，讓這些詞彙具有智慧發展的意義。

「但這算什麼發展？他們有理智嗎？他們的發展理智嗎？他們跟瘋子一樣破壞無可比擬的創造，將自己野蠻的行為稱作『進步』。他們有病！病毒已侵入他們的理智！傳染病會吞噬全人類，這種病毒比地球萬物滅絕還要可怕，對全宇宙造成威脅，而它叫做……你已經知道我要說什麼了吧？你常要我不准反覆提及，然後掉頭就走，但現在你動彈不得，哪兒都去不了。將侵襲整個人類文明的就是……反智。

「被反智侵襲的人類進入病毒的時空，開始做出愚蠢和可悲程度空前絕後的行為，交談時還用各種詞彙包裝這種行為，像是『進步』、『先進』、『道德』、『美好』、『合理』、『靈性』，這算什麼發展？

「不行，沒有影像我講不下去！這就讓你看看。」

深髮少年在空中畫出正方形，裡面立刻出現全像投影。

全像投影中有棟正在施工的十二層樓建築，兩部吊車將建材吊到蓋好的樓層。透過窗戶可以看到一些頭戴橘色帽子、身穿藍色連身衣的人忙著施工。

深髮少年解釋：

「他們將這種有很多方塊、難以解釋的東西稱為家。反智使人變成『反人類』，他們扭曲了『我的家』背後的概念和意義。

「家是一個由人類思想構成而有生命的空間，反映著他們自身的思考能力，他們卻用人造的水泥方塊取代了家。他們將此稱為家，簡直跟理智開了一個大玩笑。宇宙不需要他們受限的思想，因為那已經變成反智的溫床，不斷滋長並提升反智的力量，而這個溫床也越來越大。」

全像投影開始橫向延伸，出現很多人造的水泥方塊建築，有些已經倒塌，但頭戴橘色帽子的人又在原址建造更高、更新的水泥方塊建築。

深髮少年繼續說：

「想要獲得住在這些方塊的權利，他們必須完成理智生物——人類——不該去做的事情！他們可是神子、女神啊！我臉色蒼白的兄弟，你看看他們的行為。」

深髮少年又動起手，方形全像投影再次出現，但這次是間大超市。一堆人拿起各式各樣的商品，放進金屬的籃子，然後走到成排收銀台的其中一個，要為他們所選的商品付錢。

「這些都是來自水泥方塊的人，他們每天做著不配稱上理智的事，將此稱為工作。工作可以拿到一張張叫做錢的紙，這裡你可以看到他們用賺來的錢換食物。

「神創造萬物之初，理智的人類只要伸手去拿自己喜歡的神聖創造，就能好好享用，增強內在的能量，讓身體感到滿足。但人類改變了生活方式，變化程度大到身邊沒了神的食物，他們用紙換來的食物更沒有神聖的能量。創造這種生活方式的生物稱不上理智，這是反智造成的。」

方形影像變成一位女收銀員的特寫，人一個接著一個走到收銀台，將各種包裝、盒子、罐子和瓶子放在她面前的桌上。她帶著微笑與每個人說「您好！」，然後將包裝掃過某面玻璃，收銀機上出現代表商品價錢的數字。女收銀員向對方收錢後，再次笑著說：「謝謝光臨，歡迎下次再來。」

現在方形影像特寫那位女性的臉，她轉身背對排隊的顧客，彎腰撿起掉在地上的塑膠袋。就在她轉身背對顧客的那幾秒鐘，她的臉上出現某種悲傷又無奈的表情。她瞇著眼睛，透露難以言喻的疲倦。她一手撿起袋子，一手扶腰，因疼痛而皺眉，整個過程非常短暫。當她面向人群，臉上再度露出笑容，繼續對每個人說：「您好。謝謝光臨，歡迎下次再來。」

深髮少年解釋：

「你看到了嗎，兄弟？在你面前的就是你稱為女神的生物，她坐在用一堆小螺絲和電路製成的機器前，她簡直不如這些小螺絲完美。這台機器沒有靈魂、沒有理智，只是依照預先設定的程式運作；而她一天坐在機器後十二個小時，敲打按鍵並向每個人道謝。她為什麼要向每個來的人道謝？沒為什麼，就因為她是機器人。她本應擁有理智，卻花十二個小時坐著，敲打某種機器的鍵盤。她大半人生都要做這種事，最後才能住進水泥方塊。

「理智才不允許這種事發生，這表示反智的病毒在她的體內作祟。這個女人不是人，而是反人類，活在反智的時空。她的內臟受損，她無法獲得正常的食物，血管的血液因為必須久坐十二個小時而凝固堵塞。她的外表比實際年齡還老。你看！如果她活在理智的時空、如果她是人的話，這才是這個年齡該有的外貌。我要讓你同時看看她活在自然時空的樣子，你看！」

方框內出現新的全像投影，這次是一位身材勻稱的金髮美女。她沿著溪邊跑向裸體的小男孩，那是她的兒子。這位美女跑向他，將他抱起來轉圈，開心地大笑。

分處不同時空的兩個女人相去甚遠。

方框內重新出現坐在超市櫃台的女收銀員。

深髮少年說：「你可能會說這只是小小的個案，對全人類而言非常罕見。你自己看吧。」

他接著敞開雙臂，方形影像開始橫向延伸，出現以下場景：成千上萬人坐在一排排擁擠的機器後敲打按鍵，各式各樣的人都有，包括非常年輕的女孩、老婦人、男人等等。後來空中出現另一個場景：成千上萬隻手不停敲打機器的按鍵。在沒有邊界的投影中，角落出現太陽，接著被月亮取代，又出現太陽，最後被半月取代。日夜更迭彷彿時鐘，代表時間一天一天、一個月一個月、一年一年地過去，但是從左到右充滿整個畫面的所有人依然敲打按鍵，如機器人般重複：「您好，謝謝光臨，歡迎下次再來。」

「你看啊，兄弟，等一下會有更有趣的。給你看看人類的未來。」

這時空中出現全像投影，特寫一名持劍奔跑的男子，一副齜牙裂嘴的樣子，接著換成一人躺在地上的泥濘中開槍，後來又有三個人發射大砲。忽然間，整個畫面人山人海，每個人都很渺小，好讓畫面塞進更多人。他們用刀劍、草叉、鐮刀、長槍和大砲砍殺、射殺彼此，徒手勒死對方還拳打腳踢。空中的飛行器向地面的一大群人投放接觸地面就會爆炸的物品，將地上的土和人的殘骸炸飛。

「理智的生物會製造這種混亂嗎，兄弟？他們做出反智的行為，還為這種混亂找了藉口，將它稱為戰爭。在這種屠殺中立下大功的人，會被授予各式各樣的勳章，得到勳章的人也會驕傲地戴在胸前。他們還學會通過法律，合理化這種永無止盡的屠殺。」

深髮少年再次揮手，空中又出現全像投影。這次畫面分成很多格，每格都是不同大廳的內部，一些人坐著聆聽台上講話。深髮少年解釋：

「他們用很多名稱叫這些地方：國會、議會、杜馬、議院，但本質都一樣。

「你看到坐在這些地方的人了嗎，兄弟？你還是看得到的，快看吧。坐在你面前的人正在為不同的國民——基本上就是全人類——立法。他們立法立了幾千年了，但從未出現過完美的法律，也不可能會有。你懂嗎，兄弟？你肯定懂的！」

深髮少年大笑起來，幸災樂禍的笑聲在山谷間迴盪，山脊傳來陣陣回音。他笑完後對著有人坐著的畫面大喊，好像裡面的人聽得懂似的：

「你們永遠不可能寫出完美的法律，因為你們根本不知道什麼才是最重要的，你們不知道每個人和全人類的使命。這個使命——宇宙的使命——只要九個字就能表達，這是所有法則的基礎，只有它能如線般將地球的法則串在一起或反映出來。但你們不知道是什麼，你們全都忘了。

「你懂嗎，兄弟？他們忘了什麼才是最重要的，而且身處反智的時空。他們忘了只要九個字就能表達他們的使命。這九個字是什麼？你想要我說出來，對吧兄弟？你肯定想！絕對很想，因為你總是在說這九個字，渴望人類可以明白。你說了他們卻沒聽到，因為他們身處反智的時空。如果我說了，如果我們一起說，他們就會聽見，開始付出行動，最後變成人，但我偏偏不說。

「就讓他們爭論到下次世界浩劫吧，不過到時會有前所未見的規模和威力。災難毫不留情地降臨，他們也無力透過法律避免。這些生物知道大難臨頭，甚至知道背後的原因，卻怎樣也改變不了自己的生活方式。他們看起來依然像人，但僅止於外表。兄弟，你稍微想想看，他們幾百年來自行發明了各種機器取代人的能力，你看看他們變成了什麼。」

空中出現全像投影，右側是一位身材勻稱、只穿纏腰布的俊美少年，左側則是穿著短草裙的少女。他們之間有一個圓圈，裡面有很多顏色不同的小圈。

「我要在這個圓圈讓你看到每個人與生俱來的能力，人類能做的很多……」

全像投影內日月更迭，少年抬頭仰望天空說：「今夜的天空可以看到九十億零八十二顆星星。」少女回答少年：「親愛的，在你上方的天空其實可以看到九十億零八十三顆星星，有一顆你沒有注意到，因為它還不亮。我會在那裡等你，我們會在那裡創造愛的空間，讓它散發明亮的藍色光芒。現在我們的星星還很難看見。」

「是的，人類能做的很多。」深髮少年解釋，「他們的初始能力使他們能夠創造出所有你能想像得到的，甚至想像不到的也可以。但他們一旦開始發明各種沒有理智、取代他們能力的機械，他們就會失去神所賦予的才能。」畫面中出現一台台計算裝置，接著又消失不見。每出現一台裝置，幾個有顏色的小圈就會變小，有些甚至變成黑點。「他們以前只要看一眼天空，就能瞬間算出星星的數量，但他們現在不斷發明東西，竟然到要在計算機上算『二加二』的地步了。」

「他們還會發明電話，開始失去遠距離溝通和想像愛人位置的能力。

「最後他們開始將人造裝置植入身體，」深髮少年繼續說，「把自己變成越來越粗糙、沒有靈魂的機械。他們稱不上人類，理智埋在內心深處，而被反智主宰。他們的周遭和體內同時都有反智存在。兄弟，現在讓你看看最後一個畫面。」

深髮少年揮手，畫面煙霧瀰漫，出現一張展開的世界地圖，其中一部分有很多座人口稠密的城市。每座城市都有體型可怕的生物觸角，肥碩的觸角在大量的人口之間逶迤、抖動。觸角數量驚人，不僅包圍城市，也深入其中。每根觸角都有很多孔洞，某種惡臭的深色氣體從中飄出。但人類沒有避開這些可怕的排放氣體，而是將它吸入體內，還把家蓋在觸角附近。在這些臭氣熏天的觸角上，偶爾會有地方似乎因為壓力過大而被撕裂。人類會趕著填補，把被撕裂的地方弄平，恢復這隻可怕章魚的生命機能。

「兄弟，你看到這隻可怕章魚的觸角了嗎？還是你想看看觸角覆蓋全世界的可怕生物長得怎樣？你肯定不想思考或談論這個話題，但我要告訴你這隻致命生物的身體在哪裡，我要告訴你這些觸角從何而來。這些觸角就來自曾被認為是理智生物的人類，來自他們的腦袋。這隻怪物的身體就在他們的腦中，所有這一切都來自於此。他們還為帶來死亡的產物感到驕傲，並且珍惜它們。他們將這些可怕的觸角稱為馬路、高速公路。」深髮少年大笑，「喏，這就是人類的未來！你還想拯救這些走向反智時空的人嗎？你還想保護他們，讓他們面對這種命運嗎？」深髮少年轉頭問他依舊頂著花崗岩的兄弟。

花崗岩現在不只滲出水滴，周圍也遍布了一道道的細流。淺髮少年頂住花崗岩的身體石化得更明顯了，甚至臉部的肌肉都已僵硬，因而無法說話或眨眼，全身只剩他藍色的眼睛依然有神，看著人類未來的景象。

深髮少年將手伸進滲出的水流，惡毒地說：

「再過不久就會出現大洪水了。兄弟，或許我還能跟你說四五句話，但我不會說的，而且你大概也聽不到了吧。」

深髮少年張開雙臂，然後彎起手肘欣賞自己健壯的肌肉。後來又搖頭，將黑色頭髮甩到背後。他靜靜觀察了一會兒，看著淺髮兄弟撐著的花崗岩，發現周圍的水流越來越大，於是說：

「我該走了，時間到了。註定的事總要發生的，但……它不會發生。」

健壯的深髮少年走向花崗岩，站到淺髮兄弟的身旁，用肩膀和雙手撐起花崗岩。

健壯的肌肉緊繃起來，冒出多條青筋，但強悍的深髮少年漸漸伸直稍微彎曲的膝蓋，將花崗岩稍微抬了起來。岩石周圍不再滲出水流，只有零星幾滴水。

宇宙對立的兩端在這短時間中合而為一，改變了神的安排。神的安排……或許他們的融合為這個安排開創了全新的機會？

不久後，驚天動地的洪水流向平原，阿納絲塔家族的山谷免於淹水危機，離開山谷的村民也不再面臨死亡的命運。

淺髮少年漸漸地不再石化，臉上出現了笑容，恢復說話的能力：

「謝謝你，兄弟。」淺髮少年依舊吃力地說。

「我不需要你的謝謝。人類註定面臨的這個災難解除了，他們現在會繼續抱持荒謬的世界觀，一意孤行地創造反世界。他們人數越來越多，以後只會出現更大規模的災難。」

「不會的，兄弟。或許到了最後一刻，小女孩阿納絲塔消散在空中的靈魂粒子、感覺和知識會在人類的心中甦醒。會有很多男男女女靠著思想阻止前所未有的災難，活在反智時空的人會突然頓悟，並開始在地球上打造前所未見的新世界。

「那些同時經歷到反智和理智的人會於內在和諧地結合對立的元素，在物質和精神層面實現夢想的神聖悸動。他們不僅會實現出來，還會加上自己夢想中的完美。」

阿納絲塔夏沉默不語，我也沒有說話，試著明白我聽到和看到的一切。過了一兩個小時，我才問了她一個問題。

15 面對我們最初的意象

「阿納絲塔夏，有關深髮少年和淺髮少年，還有小女孩阿納絲塔的一切，妳說的和妳讓我看的都是真的嗎，還是妳想像出來的？」

「這個問題你可以自己回答，弗拉狄米爾。」

「怎麼自己回答？妳才是可以肯定這是事實還是想像的人。」

「弗拉狄米爾，告訴我，在我的故事裡，對你而言有什麼新的訊息嗎？」

「當然有。有訊息，有意象，確實有新的訊息！」

「那就表示這些訊息存在囉？」

「確實存在，而我必須分析它、弄懂它，況且我也有疑問。」

「如果有訊息出現，表示它有來源。」

「當然，肯定有來源的。」

「訊息就是意象，意象就是訊息。如果有人想要抹除你內在的訊息，他們會設法證明意象不在現實之中。一旦你認同意象不是事實，等於是自己抹除了你從意象中取得的訊息。」

「但如果意象是人創造的，訊息的來源是什麼？」

「意象。」

「如果是特定的人創造的，來源怎麼會是意象？」

「弗拉狄米爾，如果你生了一個孩子，他將新的訊息傳給你和所有人，那麼新訊息的來源是什麼？」

「當然是孩子，但意象又不是孩子。意象沒有實際的軀體，也可能是無形的。」

「所以差別只在於前者有實際的軀體，但後者沒有。」

「倒也不完全是，只是有個軀體比較好理解，也比較可信。」

「你看到的軀體不能完全當作證據，而且軀體還可能讓你迷失。」

「沒錯，的確可能讓人迷失！刑法還有名為『詐欺』的條文，擁有軀體的罪犯為了私利欺騙別人。我想我明白了，阿納絲塔夏。如果有訊息、訊息來自意象，代表兩者都存在。我們必須分析收到的訊息，如果顧著思考『這存不存在』，無非是在浪費時間，剝奪自己收到的訊息。」

「你理解得沒錯，弗拉狄米爾。」

「還有一件事我不懂，如果每個人都能創造意象、開始有意象的話，我們要把訊息篩選到什麼程度，才能獲得真正的訊息？」

「不太需要篩選。的確每個人都能創造意象，但並非每個意象都會被人全心全意接受。」

「是啊，說得沒錯，不是每個意象都會被接受。總之，謝謝妳，阿納絲塔夏，妳講的意象很有趣。能不能和我講講其他有關意象的知識？妳認為意象是什麼？」

「人類本身就是化為實體的意象。人類身為實體的意象，可以再用思想創造意象，並且讓它化為實體。這是人類的宇宙力量，沒有任何人、任何東西可以超越。

「如果一個人不認識造物者給他的能力，那麼他就封閉了自己崇高的力量，因而受到其他意象的影響，實現它們的意圖，最後摧毀了自己，甚至破壞家庭、家族、國家和全世界。

「人造的技術治理世界本身也是如此。人類的對立面將特定的意象帶給他們，讓他們利用這種意象的能量創造技術治理世界。這個世界稍縱即逝，再先進的車子、建築等人造世界的任何東西，每分每秒都在分解，不用幾年就化為塵土；甚至更糟，變成對人有害的廢物。

「住在人造世界的人類也變得稍縱即逝，因為他們每分每秒都看著一堆沒有自我複製能力的東西分解，當然也難以想像永恆的生命、創造自我永恆的意象並將此化為實體。

「我們眼前的自然世界存在不止數十億年，其實遠久於此，因為世界一開始存於尚未化為實體的意象之中。判定地球年齡的科學家不是從它誕生的時間計算，而是從它化為實體的時間算起，但這只是生命週期的某個階段而已。

「自然世界擁有自我複製的能力，這種能力使它永恆長存。創造永恆的造物者也是如此，祂是阿爾法和奧米伽，接著又是阿爾法。

「很多人可能會疑惑，不知道在造物者誕生之前、在祂不可思議的眾多能量之前有什麼東西。那時什麼都沒有，無！但記得造物者怎麼對兒子說明這個『無』嗎？祂說：『到時將會無中生有，出現你的全新又美好的誕生，反映你的志向、靈魂和夢想。我的兒子，你是無限，你是永恆，在你裡頭，是你具創造力的夢想。』但如果可以無中生有，表示這個『無』參與了誕生的過程。

「造物者藉由誕生——包括無中生有——完成了這個循環，將永恆的意象獻給人類。

「認識、理解及感受內在的意象能量，人類就不會死亡，而是進入香甜的睡眠。睡醒後他會選擇必要的時間和地點，在他睡前創造的意象之中轉化為實體。

「瞭解意象科學之後，便能理解造物者創造的整個宇宙，進而創造美好的新世界。「不瞭解、不明白意象科學會讓人無法與完美又自然的世界良好互動，因而創造一個人造、粗糙又不自然的世界。

「不懂意象科學會使整個國家和民族淪為他人的玩物和棋子，任由其他理解這種偉大科學的人玩弄。」

「阿納絲塔夏，但是畢竟意象有好有壞，我們要怎麼評斷哪些訊息有用，哪些又是為了一己之利而誤導別人的訊息？」

「弗拉狄米爾，這要靠你自己，靠你自己的意象判斷訊息的價值。」

「妳是說每個人都有意象嗎？」

「當然，弗拉狄米爾，每個人都有自己的意象，而且彼此差異很大。

「如果每個人都能保有自己最初的意象，那麼告訴我，你覺得現在的世界會變得怎樣，弗拉狄米爾？」

「最初的意象？妳是說，每個人都有或有過最初的意象？這個意象是什麼？」

「神聖的意象！我們的造物者天父在一瞬靈感之間創造了這個意象。」

「這個——我們最初的意象——是神嗎？」

「是神子，直到現在依然如此。」

「但人最初的這種意象到哪兒去了？街上可以看到酒鬼、毒蟲的意象，路邊可以看到妓女的意象，電視上還有各種裝腔作勢的意象，我們上哪兒去找人類最初的意象？」

「自己身上。你要去想像它、去和它碰面，它就會開心地迎向你。這會是個愉快的過程，你們會越來越接近彼此，總有一天會相見的。你們會結合的！你要保護自己最初的意象，不要讓它任由別人擺佈。」

「但我要怎麼想像？一天到晚都有人在說人類不完美。」

「一下說人是永遠的奴隸，一下說人是實驗室的白老鼠。我有朋友不久前才告訴我，他在某本書中讀過，人類是外星生物創造出來的，他們正在吸取人類的能量，訓練他們成為蠢蛋。」

「如果你想變成蠢蛋，弗拉狄米爾，那你就相信他們。

「如果你相信你是奴隸，奴隸就會在你的體內誕生。

「如果你相信有人強取你的能量，你就真的會枯竭，把自己的能量交給別人。你相信的一切都會因你的信念而存在。

「自從人類——神子——誕生以來，他們就一直貶低人類的價值，但你要知道，弗拉狄米爾，在這背後一定有人企圖拉抬自己的價值。事實上，與人類相比，他們並不崇高，也無法拉抬自己，所以別無他法的他們只能貶低崇高的人類，不讓人類有成長的機會。」

「對，阿納絲塔夏，妳講得沒錯。我怎樣也想不起來，究竟有什麼書或電影曾把人塑造成宇宙最強大的存在，每次都是外星生物才是最強的一方；就算人類強大，也是借助某種外星力量才行。我現在知道人類長期以來受到多嚴重的洗腦了，這絕對不是偶然，而是某人刻意使然。

「如果人類真的比較弱，也沒有某種神祕的未知力量，那麼何必懼怕他們呢？何必浪費力氣證明人類不強呢？

「阿納絲塔夏，妳是唯一將人類視為神子和宇宙中最強存在的人。這表示會有很多意象反對妳有關人類意象的解釋，他們數千年來用盡了各種方法反對。

「他們創造出很多人類無能的意象，何況還有很多教導都在貶低人類。全世界很多媒體都為他們效命，編劇、導演也是，還有很多很多。妳看起來是孤軍奮戰，阿納絲塔夏，但妳仍抱有一絲希望，妳在盼望些什麼呢？希望在哪裡，阿納絲塔夏？」

「在我最初的意象裡，也在你最初的意象裡，弗拉狄米爾，還有在那些著手打造家園的人的最初意象裡，他們會在未來遇見自己真正的意象。」

「阿納絲塔夏，甚至有人說妳根本不存在，也說我不是書裡描述的那樣。現在我明白了，他們這樣做是有企圖的，他們想把別人心中源自於妳意象的訊息抹煞掉。他們真的還成功了一部分，就有讀者——甚至包括打造祖傳家園的讀者——說不要提到阿納絲塔夏這個名字，不要談論這些書，也不要把他們的祖傳家園叫作祖傳家園，因為有人洗腦了當權者，說這些名稱不好，甚至做了各種讓步。」

「那你呢，弗拉狄米爾？你對這些建議的看法是什麼？」

「老實說，阿納絲塔夏，我也這樣想過：既然這些話會惹怒一些人，也許還是別提比較好。怎麼說，覺得這樣會讓事情更快有結果吧。現在我明白了，事情雖然看似有進展，卻不見得是人類需要的方向。現在我知道他們之所以不讓我們說出『阿納絲塔夏』、『祖傳家園』和『俄羅斯的鳴響雪松』，是因為這些詞能夠立刻產生強大的意象和訊息，他們想要剝奪這些意象和訊息，我理解得對嗎？」

「當然對，弗拉狄米爾，每個字背後的確都有意象和訊息。有時光一個字的背後就有極大的訊息，用一百本書都反映不出來，也無法取代。」

「不過也有些字會在人的心中引起不同的意象，以『戰爭』這個詞為例，有些人會想到帶來自由的戰爭，有些人會想到具侵略性的戰爭。」

「但不管是哪一種，只要聽到這個詞，人的腦中都會出現很多廝殺、兩國交戰、武器等畫面。畫面雖然稍有不同，但數量很多又大同小異，而且全都來自同一個詞。」

「『祖傳家園』這個詞背後也有很多不同的意象嗎？」

「『祖傳家園』是由一些最強大的意象支撐起來的一個詞彙，這些意象能夠讓人置身在一個神聖的居住環境。你自己想想看，弗拉狄米爾，這個詞彙的前兩個字『祖傳』是指一代傳一代，而第一代源自於神。現在每個出生的人都是這個偉大家族鏈的帶頭者，有權決定他的家族要在哪種環境下生活，在水泥方塊還是祖傳家園的美好空間，他也可以選擇打破家族鏈；他有權決定讓家族以神聖的創造為食，還是沒有靈魂能量的食物。」

「我的祖先很久以前就不在了，我吃的食物和他們有什麼關係，阿納絲塔夏？」

「所有祖先的粒子都在你裡面，弗拉狄米爾，你的身體和靈魂都來自於它們。」

「來自於它們啊，但……但這不就表示，每個新生的人都對整個家族的命運背負著龐大的責任嗎？」

「是的，弗拉狄米爾，每個人都被賦予決定自己和家族命運的權力。」

「同意，我們確實被賦予了這樣的權力，但絕大多數的人從未想過自己的家族，他們的祖先可能也沒想過。所以說，來自原始起源、來自神本身的家族已經瓦解、不存在了嗎？」

「祖傳家園——弗拉狄米爾，請你仔細思考一下。祖傳家園這四個字、這一個詞彙，即使不完全明白它的意思，可是一旦唸出這個詞，就等於是在潛意識中說出：『我聚集我的整個家族，使家族在此安定下來』。」

16 聚集家族的人

「建造祖傳家園的人可以在家園中把家族成員的靈魂聚集起來，他們也會感謝他做出如此偉大的行為。他們會像守護天使般保護、守護著祖傳家園和創造家園的人。宇宙中沒有東西可以不著痕跡地消逝，它們只是轉變成另一種狀態而已。人去世、肉體回歸大地後，花草樹木會從中長出來。肉體轉變成另一種狀態，但主要的能量群——人的靈魂——會變成什麼狀態呢？

「靈魂一開始會在肉體所在之處徘徊，一些宗教知道這點，所以不會馬上下葬。肉體回歸大地、人葬在公墓後，靈魂會在下葬之處的上方盤旋，親人則在墳墓邊待一陣子。沒有肉體的靈魂沒了聽覺和視覺，看不到也聽不到，但感覺得到有人在談論它、思念它。如果說好話，靈魂會有好的感受；但如果說壞話，靈魂就會不好受。

「親人離開公墓後，靈魂會在下葬的土丘上方遊蕩一陣子，但已經沒有感覺，只有空虛。每天庸庸碌碌的現代人很快就忘記逝去的親人，住在現代公寓的人完全沒有用來紀念已故親人的東西。過了一年、五年、十年，基本上不會有人記得他們，逝者的靈魂完全處於空虛之中。我們現在說的還只是去世不久的親人，但有些活在一百年前、一千年前、一百萬年前的親人，他們全被人完全遺忘。

「建造祖傳家園的人可以把整個家族聚集起來，想要做到這點，必須想起自己的親人、想像他們，使他們的靈魂為之一振，感覺到自己被人想起。無論靈魂身在宇宙的哪個角落，都會循著這個思念的光線衝向源頭。

「人雖然記不得所有親人，無法不停地回想、思念他們，但可以種出一片不大的樹叢，而且最好是家族樹，一些活得很久的樹，像是橡樹和雪松。種樹時必須想到家族，對著自己說：『我種這片樹叢或林蔭小徑是為了紀念我的家族成員。我在建造祖傳家園，願我過去和未來的家族成員聚集在此處。』

「每種一棵樹都要回想近期去世的親人名字，一一地想像他們，對他們說句好話。

「人不可能每一分鐘、每一小時都在回想親人，但樹木可時時刻刻將收到的訊息保存起來，你家族親人的靈魂也感受得到，他們會住在你家園的花草樹木裡。這些樹木散發的光線雖然比人的光線微弱許多，卻比較穩定。靈魂感受得到，你想起的近親靈魂會先來，其他親人再漸漸受吸引而來。

「九年後，人種下的樹會變成一片樹叢，而且都是不平凡的樹，擁有巨大的有益能量。沒有人能感受得到這個能量的恩惠，只有聚集家族的人和他的近親感受得到。

「想像一下，弗拉狄米爾，人可以做到如此不平凡的好事！彷彿創造者般將隨著時間分散的家族聚集起來。」

「阿納絲塔夏，但妳說過靈魂是種能量群，某些人死後的靈魂會分解成粒子，把能量交給不同的昆蟲和動植物。」

「對，我說過，弗拉狄米爾。人在世時，如果靈魂這種能量群與周遭世界不和諧，甚至對地球存在造成威脅，就會有這種情況。只要這種不平衡沒有到達臨界點，逝者的靈魂就能完整保存能量群。越和諧的靈魂才能優先回到世俗的肉體，只可惜這種靈魂在宇宙空間中越來越少了，現在只能從不好之中勉強挑些比較好的了。」

「但如果我家族的所有靈魂都分解成粒子了，是不是就沒有靈魂會回到我種的家族樹叢了？」

「弗拉狄米爾，你存在就表示你的家族鏈沒有斷掉。」

「那如果把人葬在家園，會有什麼情況？」

「人的肉體如果葬在自己建造的家園，靈魂就不會落入宇宙的黑暗，而是留在祖傳家園，因為他在那裡種了樹木，也與土地互動。靈魂雖然看不到、聽不到，但感覺得到植物給他的溫暖，而且他的後代就住在祖傳家園、與他的創造接觸，所以會更常想起他。」

「阿納絲塔夏，我想起我認識的一個人，她年事已高的母親曾到他們家園拜訪，她已經八十好幾了，原本只打算待個幾天探望女兒，看看她和女婿到底在做什麼，後來卻要求女兒讓她永遠住在那裡。她最後住了下來，時常坐在長椅上，有時則在家園的樹林散步。有一次，她告訴女兒和女婿：『我死後拜託不要把我丟在公墓，把我葬在這裡。』然後指出她選好的位置。這名老太太死後，女兒和女婿完成了她的遺願。可是她在這座家園沒有種任何植物，她的靈魂會怎麼樣？」

「就算她只是一直坐在長椅上，她的靈魂仍會留在祖傳家園之中。她自己決定要葬在這裡，表示她生前想過這個問題。比起公墓，親人會比較常來她在這裡安眠的地方，也會比較常想起她。

「但不能強行把人葬在祖傳家園，不能違背他的意願，就算他曾在家園做過什麼也一樣。如果真要如此，必須請求他的原諒，走到他下葬的地方，心裡向他解釋這麼做的原因、請求他幫忙。」

「是啊，阿納絲塔夏，這種情況還挺有趣。那以前的人知道、明白這點嗎？」

「當然知道，弗拉狄米爾。不久之前還有很多人有祖傳石墓，這你知道的。但在更早以前完全是沒有所謂的公墓，公墓的出現是因為有人沒有祖傳土地，像是城市裡的工匠、僕人、各種奴僕、傭兵。他們死後需要下葬，所以遺體被運走，在沒有親人的陪同下被丟到平常棄置病死動物的茅坑中，或被葬在公共的墓坑裡。隨著城市越來越大，包括有錢人家在內的家庭越來越多，於是才有公墓。有錢人買下不大的土地下葬逝去的親人，其他人也在附近做一樣的事。因此公墓開始分區，用現代的詞彙來說，就是分成高等區、中等區和給僕人的一般區。」

「現在其實還有這種公墓呢，如果你想葬在瓦甘科沃公墓，必須花不少錢和精力才能買到好地，而且這些地還必須由特定的治喪委員會指定。」

17 宇宙法則中的九個字

「阿納絲塔夏，深髮少年提過宇宙法則中有九個字確立了每個人和全人類的使命，妳知道這九個字是什麼嗎？」

「弗拉狄米爾，我知道是哪九個字確立了人類全體面臨的任務。」

「妳現在可以說給我聽嗎？」

「可以。」

「說吧。」

阿納絲塔夏起身，試著一字一字地說出來：

「使——生——活——環——境——變——得——完——美——」

「就這樣？」我失望地說。

「對，就這樣。」

「老實說，我還以為是什麼神奇又不平凡的字。」

「這確實就是宇宙法則中神奇又不平凡的字，這就是所有神聖安排中最重要的字。有這些字的幫助，就可能確定個人和人類整體對宇宙的有用或無用程度。有這些字，就可能確認人類想出來的世俗法令是否有用。

「使生活環境變得完美代表讓自己更完美。

「宇宙間和地球上的萬物這一個整體即是一個生活環境，彼此之間密不可分，而人類位於此中心。

「使生活環境變得完美代表生育及養育比你更完美的孩子，每一代都要比前一代更完美，所以前一代必須為後一代留下更完美的生活環境。

「使生活環境變得完美，人就能讓自己的思想變得完美。完美的生活環境可以加快及提升人的思想。」

「使生活環境變得完美，人就能認識永生。」

「使生活環境變得完美，人就能將地球變成全宇宙最完美的星球。」

「地球的完美可以幫助人讓宇宙的其他星球變得完美。」

「宇宙的完美可以幫助人創造新的世界。」

「原始起源的人問神：『宇宙的盡頭在哪裡？要是我到了盡頭，那該怎麼辦？我什麼時候能填滿一切，將我的思想創造出來？』而神回答兒子：『我的兒子，宇宙本身就是思想，從思想再生出夢想，而部分的夢想是看得到的實體。當你遇到一切的盡頭，你的思想就會找到新的開始而延續下去。到時將會無中生有，出現你的全新又美好的誕生，反映你的志向、靈魂和夢想。我的兒子，你是無限！你是永恆！在你裡頭，是你具創造力的夢想。』」

阿納絲塔夏陷入沉默，她不尋常的語調和這些話背後的意義讓我啞口無言，只能一直盯著她看。我徹底明白了，她不只是住在西伯利亞泰加林的隱士，不只是外貌出眾的女子。

阿納絲塔夏是個不同時空的人——一個人類理智戰勝一切的時空。她感覺得到也看得到這個理智的時空。她肯定是這個時空的人，因為那裡的人都是完美又幸福的創造者，讓地球變成全宇宙最美的星球。全宇宙的星球也為人類在地球上的創造感到興奮，呼喚著人類不要忘記想到它們。就算只是用手輕輕觸摸它們的表面，或是一個笑容，都能帶給它們未來。她看到地球今天這番亂象，想必歷經難以承受的痛苦吧。

但她仍然生下了兩個孩子，不怕遍佈全球的反智勢力吞噬他們，這代表她相信所有事情都會自行改變，不然就是由她親自改變它們。

「阿納絲塔夏，按照妳的世界觀，妳看到目前的現實社會時不覺得痛心嗎？」

「非常痛心，弗拉狄米爾。」阿納絲塔夏輕聲地說。

「妳怎麼忍受這樣的痛苦？」

「創造美好未來的景象，欣賞它、為它感到開心，看了愉快自然也就不會痛苦。況且欣賞這些景象還有一個好處：你怎麼想像未來，未來就會變成你想像的那樣。」

18 反智的時空

「阿納絲塔夏，難道現代人和深髮少年說的一樣，真的活在反智的時空嗎？反智是什麼意思？在現實中怎麼看得出來？」

「當有想法、訊息出現時，我們只能靠自己辨別真偽。」

「但要怎麼辨別？用什麼辦法？如果人活在反智的時空，想法也會變得反智。」

「是的，但人依然保有理智，只是程度小很多而已。透過思想呼喚理智，它就會啟動，你也可以利用它辨別現實中的反智。這個話題先到此為止吧，弗拉狄米爾，你一個人在林間空地、泰加林這裡走一走、思考一番吧。這裡的理智和反智是平衡的，但你的腦中沒有，所以你要幫自己的理智一把，一步一步地啟動它。」

「怎麼啟動？」

「只要在腦中對自己說『理智』，不過『理——智——』這樣說更好。」

後來我獨自嘗試從理智的角度思考，並且做了這些結論。

人造世界

現在的人類社會處在一個不自然的人造世界。

人類創造了這個世界，如奴隸般為它效命。

我們創造了人造世界，在這個世界過著人造的生活。

真正的自然世界就在柏油路兩旁，現代人卻順著柏油路衝向深淵。

現代人的集體意識被灌輸了人造的概念。

我們的科學家和所謂「受過教育」的研究者聰明到把只有兩百年歷史的現代醫學歸為傳統，卻把數十萬年歷史的民俗療法視為非傳統。不僅如此，他們將治療者稱為庸醫，我指的是熟悉藥草特性的真正治療者。結果一百年前用自己花園中的藥草就能免費又輕鬆治好的大多數疾病，現代人卻得用昂貴的藥物和醫囑才能治好。或許醫學應該分成兩條路線，學校必須教導民俗療法，專家則在醫學院接受訓練。八成的身體不適都能靠民俗療法治好，這樣可以大幅減輕醫療機構的負荷，進而大大提升醫療服務品質。但要做到這點，我們必須以理智的角度思考。

人造管路系統

人類在地下埋設數百萬公里的金屬管線，將此稱為管路系統。人類千辛萬苦製造這些管線、將其埋入壕溝；管線又需要持續保養及重大維修，所以不得不投入大量的人力。儘管如此，公寓水龍頭流出來的水依然不適合飲用。而同時，大自然中則有自然的管路系統，不只有河川，還有地下水。有生命力和療效的水在地球的血脈中流動，讓數百萬口水井源源不絕。自然的管路不但不需要維修，還能淨化地表的污水，使其富含礦物質和其他必要物質。然而，現代的生活方式使得城市人口沒有機會善用造物者設計及創造的自然管路系統。

問題來了：這樣的生活方式是人類自己選擇的，還是受到特定力量的影響？為了回答這個問題，我們先來看看一個情況，而且我們大可將此視為一種社會心理病態：現在歐洲、美國或俄羅斯的一般家庭，要怎樣才能獲得自己的公寓或房子？

反智的房貸

舉例來說，有人會建議他們申請房貸，具體一點，就是向銀行借貸二十或三十年，用銀行的錢買到一間普通的房子，並在二十年間每個月連本帶利地還銀行錢。如果這一家人還不了錢，公寓就會被收回去。年輕夫婦二十年來活在可能無家可歸的恐懼之中，一如既往地做著自己不喜歡的工作，只為了多賺一點。在老闆面前鞠躬哈腰，害怕失去工作。但這種教人不快的情況難道別無他法了嗎？當然有！不僅如此，從這個辦法還可以知道，阻礙年輕人獲得房子的因素是被人灌輸到他們腦袋的。這些阻礙都是虛構的，只存在於虛構的世界中。我就舉一個經典的生活實例。

一位名叫安德烈的年輕人住在弗拉基米爾城，外表與同年紀的人沒有太大差別，常去咖啡廳和舞廳，也會喝酒抽菸。他讀到有關祖傳家園的資訊後，開始夢想擁有自己的土地和房子。

他沒錢買地蓋房，父母也無力提供金援。二〇〇一年，距離弗拉基米爾城三十公里外的卡尼亞耶沃有一片雜草叢生的荒地，一公頃市值三萬盧布。我的讀者中已經有快五十個家庭在這片荒地取得了一公頃的土地，並開始蓋房子了，但他們多數都是有不少存款的中年人。安德烈也看上了樹林裡湖邊的那塊空地，當時還有幾塊地沒有新的主人。為了實現擁有家園的夢想，他不再流連年輕人常去的舞廳，反而努力工作，在短短的半年內存到三萬盧布，最後在荒地買了一公頃的土地。但他哪有錢蓋房子呢？當時在弗拉基米爾城一平方公尺的施工費用高達兩千盧布，所以光蓋一間五十平方公尺的房子，就要另外花一百萬盧布。安德烈不打算跟銀行貸款，不想往後二十年都要連本帶利地還錢。二十三歲的安德烈走進商店買了一把利斧，一年內靠著自己的力量在他的土地蓋出一間木屋。這樣說來簡單，但具體而言，他先在一間有原木屋師傅的公司工作，向他們學習木工，同時賺錢購買未來房屋的原木。這位年輕人的土地現在有一座欣欣向榮的花園，有一口井，有座池塘，也有間木屋。剛來這座聚落的人都在排隊請他幫忙蓋原木屋，他儼然已經成為受人認可、尊敬的工匠。

我們可以說，安德烈的行動讓他在一年內省下了一百萬盧布，或許也可說是賺來的，但我認為這不重要，重要的是他的收穫遠遠超過一百萬盧布。他得到的還有對自身力量的信心，以及親手建造出來的房子。

我想安德烈會找到一個適合他的女孩，讓女孩住進這間房子，為他生下兒子和女兒。他們的孩子會告訴孫子，親手蓋出這間房子和花園、打造這個小小家鄉的人是誰。

安德烈的故事並非特例，這座聚落還有很多家庭都是親手蓋出自己的房子。

我還記得我的爸爸和爺爺也是親手蓋出木屋，年紀相仿的隔壁鄰居也不例外。五十多年過去，大家依舊住在這間房子。

問題來了：半個世紀過去，社會都開發了各種新的建築工法、建材、機具和裝置，這些看似比較先進，但到頭來……

一般家庭要努力工作二三十年才有房可住，但這在以前只要一兩年就夠了。對許多家庭而言，居住變成一個無法解決的問題，必須靠政府介入。

這個情況是偶然出現，還是有人刻意為之？但這也不重要，重點是這完全是反智的表現，但每天庸庸碌碌的社會對此似乎已無法思考及分析，也見怪不怪地不做他想。社會習慣反智，不再理智了。

為什麼愛會離開？

現在人的生活方式引起了很多問題，我們卻被嚴格禁止討論這些問題，但不討論就無法解決。

世界各地有數十億的家庭糾紛，包括配偶之間吵架及殺人在內。在所謂的文明國家中，八成的已婚年輕夫婦過沒多久就離婚。離婚前都累積了長期的負面情緒和壓力，孩子也過得不開心。

事實上，過去數千年來，世界各地想以愛結合的人之間發生過成千上萬場局部衝突。雙方用最殘酷的方式打擊對方，連後代子孫也這樣。

現代人似乎覺得這是理所當然的，並說這是很自然的事，愛本來就會來來去去。但總之這種情況只是人造世界的特色，與人的自然本質南轅北轍。

這位泰加林隱士首次提到，年輕人最初受彼此吸引並不是愛，只是孕育這種偉大感受的一股悸動，而這種偉大感受會在三個要素合而為一時出現。她指出了這三個要素，也讓我看到三種能讓真愛誕生的古代儀式，我在前幾本書中寫過。這裡我先姑且使用「儀式」這個詞，因為俄文沒有更精確的詞彙可以定義年輕人受彼此和父母吸引而做的這些理性行為。

但這和其他很多話題一樣，似乎都不能在自由的媒體上談論。他們還用似是而非的前言，無所不用其極地抹黑資訊來源。俄羅斯中央電視第一頻道還有一檔節目叫作《神祕的阿納絲塔夏》，裡面有些人處心積慮地把讀完書中泰加林隱士言論的人都說成瘋子。真是可笑！看色情雜誌、血腥動作片和暴力電影的人不是瘋子，讀有關愛、有關生活哲理的人才是瘋子？這證明了現代社會的確有某種力量正在醞釀社會災難、鎖定群眾並透過他們執行計畫，利用他們不懂真相的無知。

這些人其實很好理解，想像一下：如果讀過《俄羅斯的鳴響雪松》叢書的人開始堅定地說，現代的年輕情侶透過三種古老的儀式，就能在婚禮的短短三十分鐘內，在所有親友的見證下打造出祖傳家園，在花園種好近百種供家人食用的植物、蓋出房子和必要的設施，還有彷彿被施魔法般忠心耿耿的動物生活其中。沒有讀過《俄羅斯的鳴響雪松》叢書的人可能會覺得這些人瘋了或容易受騙，但請容我再多說明這種「奇蹟」得以發生的背後原因。

兩個互相吸引的年輕人依據古老的規定或儀式（稱呼無所謂）到聚落的周圍，尋找一塊至少一公頃的土地，搭建一座不大的茅草棚，再一起仔細且完整地規劃自己未來的家園。事實上，他們是在創造一個擁有愛的能量的空間。在他們的計畫中，他們不僅標出未來房子和設施的位置，還會標示所有植物的確切栽種位置。

規劃家園可能花上三個月至一年的時間，等到計畫完成後，他們會挨家挨戶拜訪各自的親人，邀請他們參加結婚儀式。他們每到親友家都會說「哇，你們的蘋果樹真是漂亮」之類的話，暗示受邀的賓客要帶什麼來結婚儀式。以這個例子來說，賓客要把年輕情侶喜歡的蘋果樹幼苗帶來婚禮。對其他受邀的賓客，他們可能會說：「你們的小馬真是溫馴。」這表示賓客不用多想要送年輕情侶什麼禮物，送小馬就對了，以此類推。

婚禮期間，年輕情侶感覺像在接受偉大的生命考驗，要在親友面前描述自己規劃的家園，仔細地指出每樣東西的位置。他們說完後會發出訊號，請在場的親友將有生命的禮物帶到新人指定的地方，新人便興奮地看著最親近的親人和朋友共同參與偉大的創造。結婚後，體會過偉大靈感和情緒提升的這對新人被各自帶回父母家睡上兩晚，雙方的親人再趁著這段時間將事先準備的建材帶到家園。第二天破曉，他們會趕到完成不久的祖傳家園，第一次以夫妻的身分見面。新家只會充滿正面的情緒，兩人對彼此、對共同創造的愛的空間出現前所未見的愛的能量。他們在這樣的新家會經歷到什麼，實在難以言喻。

如果原始起源的年輕人聽到未來的婚禮變得完全不同，他們會有什麼反應呢？現在的年輕情侶先到某棟建築物裡、在某本簿子上簽名、坐上別人綁著緞帶的車子，行駛在現在和未來都不屬於他們的城市，然後與賓客一起坐在某間餐廳，吃著不是他們和親人親手準備的食物。他們喝著伏特加，微醺的賓客和親人還會大喊「接吻！接吻！」，要求他們在眾人面前接吻。婚禮就這樣結束了，接著還有所謂的洞房花燭夜。這一切沒有帶來愉悅的結果，也沒有充滿愛的能量的空間。

「這不可能！永遠不可能！」原始起源的年輕情侶可能會這樣說。「人是理性的存在，不是發瘋的動物，不可能這樣摧毀仍在萌芽、尚未健全的愛。」

所以到底是誰瘋了？親愛的讀者，你們自己定奪吧。

回答愛為什麼會離開這個問題，答案正是因為沒有適合愛的空間，真正而完整的愛才沒有出現在現代大多數的年輕情侶面前。

愛是什麼？是一種感覺、一種偉大的能量，能夠激發人類的創造，增加他們身心的力量和能力；是一種理性的能量，瀰漫在兩個相愛之人所在的空間，為他們創造合而為一的愛的空間。看看現在的做法，情侶到戶政事務所完成登記，但戶政事務所不是他們的空間，只是一個臨時的場所，更何況離婚手續也在這裡辦理。理智的愛的能量無法瀰漫在這樣的空間裡。

坐上車子兜風，通常還是別人的車子，這對愛的能量並不適合。愛的能量也無法散佈在現代的公寓裡，畢竟愛的能量無法觸及沒有靈魂和生命的物品。現代的公寓即便再新，所有東西一分一秒都會老化、分解，沒有東西可以重生，愛的能量無法與這樣的分解物共生。處於這種情況的愛的能量無法給予祝福。

愛的能量需要的是由人創造而有生命的空間，而且必須是真心吸引彼此的人，沒有其他選擇。世界各地大量的離婚就是最好的證明。

愛為什麼離開這個問題值得從各方面探討，我也打算在下一本書中討論這個主題，描述一個瞭解永恆之愛的奧祕的古老國度。現代人對愛的態度淪為反智，這點無庸置疑。

治理政府

影響眾人的方式有很多種，包括政府在內，不過其中最具影響力的非意象莫屬。人民已經習慣各種荒謬的環境和意象，將其視為理所當然。現在就有一種意象讓人以為政府——包括制定和通過法律的國家杜馬——本來就該座落在大都會的中心，我們對此也見怪不怪了，但這合理嗎？

預言家在哪裡獲得啟示？智者在哪裡沉思？他們從哪裡帶來神聖的定律？摩西——隱居西奈山時獲得十誡石碑；基督——在沙漠待了四十天；佛陀——在樹林深處修行好幾年；穆罕默德——在光明山的希拉山洞隱居數個月。

很多哲學家和學者也都隱居數年，包括孔子、老子、康德、尼采等等。

反觀我們的國家杜馬大樓在哪裡？我們民選的「智者」在哪裡制定法律？你知道嗎？我們的國家杜馬大樓位於車水馬龍的快速道路交叉處。對於這些民意代表而言，我們還有比這更荒謬的工作環境嗎？

這是什麼？大馬路邊的杜馬議會嗎？

帝國垮台的原因

我可以舉出好幾個史實證明意象足以影響人類社會及招致星球浩劫，不過對現代人——特別是俄羅斯人而言，最明顯的例子非帝俄垮台和蘇聯解體莫屬。

「星星之火可以燎原。」全球無產階級領袖列寧這樣描述布爾什維克的《星火報》（Spark），報上都是批評沙皇制度的言論。他們按照計畫向人民灌輸沙皇政權的負面意象，同時營造嶄新又美好的蘇聯政權意象。沙皇政權被人推翻，新的帝國——蘇聯——崛起、蓬勃發展，坐擁大量軍力和核武。

但短短七十年後，強大的蘇聯帝國就解體成多個獨立的國家，這些國家對彼此也不友善。政治學家認為簽署解體協議的政客，以及當時的經濟和政治狀況，都是解體的主因。

但只要仔細觀察，就會發現這其實是意象造成的結果。回想一下索忍尼辛有關古拉格勞改營的巨作，以及其他批評蘇聯的傑出作家。當初還有一批作家同時營造西方國家欣欣向榮的意象，描述那邊不像蘇聯，商店架上總是擺滿琳瑯滿目的商品，幸福又自由的人民開著高檔的汽車四處兜風。他們講到西方文明的優點，卻對那裡存在的問題隻字未提。

俄羅斯的未來被灌輸在國民腦中和心中的意象左右；不幸的是，這一堆意象都會將國家帶向滅亡。訴諸暴力、金錢至上的數千部電影和電視節目形成毀滅的意象，我國許多政治人物甚至還積極宣傳「追趕西方」的目標。沒有任何經濟和軍事成就能與這些意象抗衡，即使號召愛國人士也於事無補。

唯一能與這些意象抗衡的意象只有一種——能夠啟發數百萬人創造的意象。阿納絲塔夏創造了這個意象，對抗宛如大軍的毀滅意象。目前已經有成千成萬的人接受未來美好國家的意象，並且加入自己的構想，著手實踐這個意象——建造祖傳家園。政府的計畫也開始與這種由下而上的運動同步，許多知名政治人物、政府官員、知名學者、文化人士和宗教領袖都對建造祖傳家園表達正面的看法，我不打算寫出他們的說法，不過想知道的讀者可以到 Anastasia.ru 瀏覽。

這雖然大多是私底下的談話，但都顯得非常勇敢，畢竟這些理性的聲音是在反智的環境中迴盪、穿梭。

泰加林隱士的某些言論乍聽之下可能瘋狂，至少我自己一開始認識她時也這樣覺得。但在初次見面之後的十五年間，我重新思考了好多事情，領悟到其實是我們現在的社會處於一個對理性生活不自然又瘋狂的環境。阿納絲塔夏談論的是理性的現實，她正在按部就班地創造這樣的現實，而且會堅持下去。我要盡力幫她，成千成萬人也都已經在幫她了。

還有一件有趣的事：在電子和平面媒體、文學和電影中，幾乎沒有與地球理性互動的正面主角。回想一下任何主角的生活方式和環境，他們大多出現在公寓、辦公室、餐廳、賭場、都市街道等地，就算他們被刻劃成能與地球有意識地交流（這很罕見），也會被當成一個不成熟、傻子一樣的人。人類社會被有目的地一步步灌輸某些觀念，我們被告知要在哪種環境生活，這是偶然嗎？我認為、甚至肯定這絕非偶然，這種現象正將我們帶向個人、社會和星球的災難。

在我思考一番後，我堅定地對阿納絲塔夏說：

「我很肯定現代人生活在反智的時空，我們以反智的邏輯思考，因為我們沒有清晰的計畫可以創造和諧的未來。對於走向滅亡，我們不過只是指出了事實並說出來罷了。」

19 二〇一二年

二〇一二年十二月二十二日這一天最近在神祕學、科學界和網路上引起廣泛且熱烈的討論，很多人認為這一天是世界末日。

為什麼正好是這一天呢？因為這一天與古代神祕馬雅人悲觀的末日預言有關。根據他們的曆法——順帶一提，很多專家承認馬雅人的曆法遠比我們現在用的格里曆精準——目前所謂長紀曆中的第五太陽紀（或稱美洲豹紀元）會在二〇一二年十二月二十二日這一天結束。根據預言，美洲豹紀元結束後就是連年的滅亡，直到人類重生的紀元到來。

學界不久前表示，馬雅人指出的這個日期具有天文意義，這一天會發生每兩萬五千八百年才有的事件：太陽與銀河神祕的能量中心呈一直線，這是現代文明首度經歷極為罕見的天文現象，但也有可能無法平安度過。

據知，在中美洲有遺跡可以參觀的馬雅人祖先，在西元前兩千年從山上遷到猶加敦的熱帶雨林和平原，馬雅文明也在西元前一千年於平原地區達到鼎盛。馬雅人會寫象形文字，數學和醫學發展程度極高，更以石塊建造多座城市和令人歎為觀止的儀式建築，例如帕倫克的大皇宮。更重要的是，他們熟稔天文學。

時至今日，沒有人可以完整解釋馬雅文明為何在歐洲人登陸很久之前就開始衰敗。

計日是馬雅天文學的核心，目前公認的天文學（古蘇美、巴比倫）都奠基於黃道帶的星球排列。馬雅人也知道黃道星座，但他們的黃道共有十三個星座，而非十二宮。他們多出了蛇夫座（馬雅人將此稱為蝙蝠座），太陽只會通過這個星座幾天。

回來講到神祕的馬雅曆法，這個會在二〇一二年結束的現行紀元是從西元前三一一四年八月十三日開始，這點非常奇怪，因為我據查發現，馬雅文明本身至少比這個曆法晚了一千年。研究馬雅文明的專家對於這個重要曆法的起源尚未取得共識，有人認為這個曆法和書寫系統是馬雅人承襲歷史更悠久的奧爾梅克文明。事實上，考古學家在拉文塔的奧爾梅克聚落已經有所發現，可以證明兩個文明是有某種連續性和關聯的，但還有一項更有趣的發現。

學者比較年表後發現，人類文明過去幾個重大事件發生的時間都與馬雅曆法現行紀元的開始——西元前三一一四年——吻合，包括神祕的巨石結構「巨石陣」大約在此時建造；美索不達米亞平原出現書寫系統；埃及在上下王國統一、「白城」（希臘文為孟斐斯）建成後形成統治的帝國；美洲則開始種植玉米。由此可知，此時世界各地都受到某種外力的影響，出現全球文化革命，人類獲得了新的知識。根據某個假說，那個時期的祭司、薩滿和聖人透過冥想接觸了某種神祕的知識寶庫。

與星球浩劫有關的馬雅文明預言、其他知名預言和官方資料雖然值得留意，但是只有具備思考能力的現代人能對未來做出最重要、最可靠的判斷。

我們試著分析一下俄羅斯生態的變化趨勢。

只拿過去五十年來說好了，國內多數人口開始住在大型和中型的城市，都市人最後缺乏適合飲用的水。更慘的是，這種人類賴以維生的資源竟然變成必須付錢購買的產品。如果是五十年前，這種情形對社會只有荒謬可以形容，但現代社會卻對此見怪不怪。實在不該如此，水是萬物的必需品，如果社會認同水汙染日益嚴重，那這樣的社會根本沒有權利存在。人類今天落得如此下場，不能怪上天，只能怪自己。

「我要避免預言之中的人間煉獄。」

這句話出自隱居泰加林的阿納絲塔夏之口，我認為大部分的地球人也應該說出類似的話，並且付出相應的行動。這儼然已經成為攸關生死的問題。

現在已經有很多地球人體會到全球暖化帶來的負面影響，科學家也告知地球的磁場出現變化，不久的將來會有洪水淹沒整個大陸。這個世代已經有很多大規模的災難發生在我們眼前，例如印尼的災難奪走了超過二十萬條人命，美國有一百萬人口的紐奧良被洪水淹沒。此外，科學家還說太陽活動可能有巨大的改變。

地球生態安全的議題迫在眉睫，使得聯合國在二〇〇七年英國的提案下將此納入議程，俄羅斯安全委員會也在二〇〇八年初加以討論。

與地球浩劫有關的預言首度與現代科學家和多國政府的看法相吻合。

馬雅文明的祭司其實說過會有什麼全球浩劫，更說這會在二〇一二年發生。

大家多少聽過這點，但對於二〇一二年災難的討論卻只觸及問題的一小部分，而且都是閉起門來討論。

還有小道消息傳出，日本政府正在採取措施重新安置人口。根據預言，英國是會先被海水淹沒的國家之一，難怪他們會提議將生態議題納入聯合國安全理事會的議程。

很多政府的做法說不定是對的，不張揚也不詳述現況，畢竟何必讓人民陷入恐慌呢？但另一方面來說，大多數的人卻有可能死得不明不白，只有知情的菁英階級能夠保命，每個人還同時把一兩百名奴隸帶在身邊。

科學家想要預估哪些國家會像亞特蘭提斯一樣被氣候吞噬，哪些國家不受洪水影響。以俄羅斯為例，沿海地區都會被淹沒，西伯利亞成為最宜居的地方。

全球暖化後，地球會進入冰河時期。

但如果社會連糟糕的現況都解決不了，包括城市的空氣汙染、穿透住宅的電磁波等等，未來即使有什麼全球浩劫又有什麼差別呢？

人類除了迎接悲慘的未來，還有其他選擇嗎？當然有，但要按部就班來。

很多世界大會的結論都很清楚明瞭：未來幾年內就有可能發生浩劫。一個有趣的問題就來了，政府、富人和科學家有辦法避免嗎？世界各地的科學家無法回答這個問題；各國政府則試圖改變現狀，制定所謂的京都議定書，規定所有國家減少有害氣體排放量，但至今還有很多國家沒有簽署。

未來可能發生的事情固然值得擔心，但難道我們不應該更關心躲在文明成就背後、已成事實的糟糕現況嗎？

20 吃人的章魚

在阿納絲塔夏或深髮少年示現的景象中，人類將房子蓋在吃人章魚的惡臭觸角上，這並非虛構，是千真萬確的事實——人類司空見慣，甚至視為理所當然。

這個怪物至今依然存在，而且越來越大，就是我們的馬路和路上移動的東西。相關資訊唾手可得。

舉例來說，據知全球鋪設的主幹道總長超過一千兩百萬公里；比較一下，這是地球赤道長度的三百倍，赤道長度不過四萬公里左右。全球航線長度大約六百萬公里，鐵道一百五十萬公里，主要管線一百一十萬公里左右，內陸水道超過六十萬公里，海洋航道全長數百萬公里。如果我們以交通工具分類空氣汙染問題，汽車就佔了百分之八十五的空汙來源！況且問題不只是有害氣體，別忘了還有噪音和震動等不利的環境因素，城市繁忙街道經常出現的八十分貝噪音就已經可能傷害聽力。各種交通工具的發展加上高速公路的鋪設，對於心理健康也沒有好的影響。這些因素不僅對駕駛和乘客造成直接或間接的影響，不在交通工具或通勤路上的多數人也會受到連累。道路水洩不通、困在車陣數個小時，有時連簡單的過馬路都不行。這些都會使人的情緒緊繃，導致慢性壓力、侵略性增加，甚至做出自己從未做過、也從未想過做得出來的行為。

我國各區每年的生態調查就提供了有力的證據，顯示俄國各大城市無一例外地面臨急迫的生態安全問題。專家異口同聲地說「社會機動化的突飛猛進」是各區生態惡化的主因，醫學界甚至證實交通系統造成的「環境壓力」使俄國大城市居民的壽命平均少四至五歲。這裡說的是人，人可以瞭解也可以發聲，可是大地呢？大地雖然也能用自己的方式發聲，但我們的生活四處都是噪音、各種聲響和廢氣，我們還聽得到大地的聲音嗎？

具體而言，交通系統究竟如何扼殺大地呢？首先，交通路網需要土地才能建成，就像需要水和空氣一樣。以美國為例，統計指出馬路、鐵路和機場面積共佔十萬零一千平方公里，而城市面積總和十萬零九千平方公里。俄羅斯的馬路總長則超過五十萬公里。

不過在土地上鋪設馬路有什麼問題嗎？問題就在建設及使用馬路、管線和機場時會使土壤遭到破壞：土石流、土地塌陷、侵蝕加劇。泥路上沿著輪胎的痕跡出現凹陷，而且越來越寬，使情況雪上加霜。

不僅如此，馬路、鐵路和接到地面的石油和天然氣管線周遭都有大片土地受到各種物質汙染，包括鉛、硫、石化產品等等。專家指出高車流道路兩旁兩百公尺是最危險的地帶，因此明文禁止在道路兩旁耕種、採集香菇和漿果或畜牧，尤其是乳牛（曾有孩童喝下路邊乳牛的牛奶後中毒）。路邊離地面一公尺高以內的空氣同樣受到嚴重汙染，空氣中的粉塵包含瀝青、橡膠和金屬，還能發現鉛及其他致癌和誘變物質。喜歡在路邊散步或慢跑的人應該三思，帶小孩散步的人更要注意，畢竟小孩坐在娃娃車或走路時是暴露在風險之中。

我還想補充一點，要知道絕大部分的有害馬路都集中在人口稠密區，而非什麼沙漠或南極洲。大城市和都會區還以足以致命的多線道環狀道路為傲。

編列國家預算時，所有政府都會在道路建設和修復上投入大量資金，不過他們還有其他選擇嗎？畢竟如果沒有道路，都會居民就有可能缺乏食物和醫療資源。道路成了都會居民的命脈，提供所有生活必需品。

等一下！這聽起來太荒謬了，實屬反智的囂張作為。我們以為不能缺少的這些命脈實際上是將我們慢慢帶往死亡。

唉，我們想當什麼靈性、智慧且聰明的人啊？但如果將這種怪物留給下一代，不就代表我們任由孩子被它碎屍萬段嗎？這下我們成了什麼？

這個已成事實的荒謬現況看似沒有出路，看起來沒有，但實際上是有的，就在每個人和社會整體的生活方式。

千百萬輛汽車排放的廢氣、大大小小工廠的煙囪和其他汙染源只是結果，而非造成污染的原因，罪魁禍首其實是技術治理的反智生活方式。

21 避免星球浩劫

現在從聯合國、各國政府到一般民眾都說星球浩劫即將來臨，也有人說主因是人類活動。

光是陳述大難臨頭這個事實肯定無法避免災難，必須拿出可以改善現狀的實際作為，但大自然中真有辦法帶領我們躲過危機嗎？當然有！「代號」就是祖傳家園、俄羅斯的鳴響雪松、阿納絲塔夏。這些詞和背後的意象、訊息和哲理不僅能在危急時刻帶領國家走出危機，還能為和諧的社會發展開創嶄新的篇章。

為了讓各位瞭解這個辦法，以下先列舉幾個現代社會的問題。

生態：城市沒有足夠的乾淨空氣、純淨水源和健康食物。

交通：大城市綿延數公里的車潮已成常見的現象，且俄羅斯由於路況不好，每年都有高達三萬人死於交通事故。

貪汙：包括政府高層在內，四處都能聽聞這個現象的氾濫程度。中飽私囊的官員、賄賂者和收賄者，甚至比心懷不軌的敵人危險。

失業：憂鬱症是失業最危險的後果，當人被這種疾病吞噬時，就會有如行屍走肉一般。如果一部分的社會受到影響，整個國家恐將因此滅亡。

酗酒和毒癮：我們長期對抗這些棘手的問題卻始終未果。

住房問題：雖然投入大量心力處理這個問題，情況只是越來越糟。

接著想像以下情境。

假設俄羅斯、美國和加拿大的一半人口決定過著健康的生活，各自在一公頃以上的土地上為家人建造祖傳家園。

政府制定必要的法律基礎，向這些家庭提供足夠的土地建造祖傳家園聚落。得到土地的民眾在荒廢的前集體農場、國營農場和農地展開規模空前的建設，建造住房和必要的附屬建築。沒有足夠財力的人與家人一起施工，有錢的人則僱用工人，但最重要的是，這些人都在自己的一公頃土地上種出花園和菜園。

遠東地區、西伯利亞和俄羅斯中部的荒地變成欣欣向榮的綠洲。

擁有這種綠洲的國家可以完全解決食物問題，因為改變生活方式的家庭不僅為自己提供最優質的食物，還有能力餵飽大大小小城市的民眾。

大城市交通系統不再有崩毀的風險，且由於汽車數量減少一半，空氣品質大幅提升。住房問題完全解決，因為空出的住房可以給有需要的人住。失業問題完全消失，政府再也不用擔心不賺錢的公司倒閉會造成什麼後果。

社會緊繃局勢緩和下來，貧富之分不再引起多數人的仇恨和忌妒，因為他們發現有東西比錢更重要。

有意識地與大地交流，為人開創新的可能和視野，這是技術治理的頭腦想像不到的，就連虛構的電影也沒有辦法。因此，我認為大家要一起努力探究這種交流的本質。

只要一大部分的人改變生活方式，就能消除星球浩劫的危機。

可能有人會說，我們對於未來的想像過於美好而不切實際，怎麼可能會有一大部分的人受到啟發，突然過著健康的生活？甚至取得雜草叢生的土地，用自己的財產建造祖傳家園？況且還是因為幾個代號。這不可能，跟童話沒有兩樣。

我就直說了吧，這些問題是沒問題的。這些代號的確美好、有效，已有很多人用行動證明了。俄羅斯現有一千五百個祖傳家園聚落，都是由《俄羅斯的鳴響雪松》叢書的讀者策劃推動，且烏克蘭、白俄羅斯和哈薩克也有這樣的聚落。

從理智的角度來看，不切實際的地方在於政府機關沒有給這些人足夠的幫助，有時甚至反對他們美好的志向。

各國和個個區域之間口口聲聲要避免生態浩劫，但真正付諸行動、避免社會和生態動盪的只有建造祖傳家園的民眾。

有個構想在一年多前誕生：已建立或有意建造祖傳家園的每個人都要宣示自己的目標和志向。我也在某個聚落的集會上首次聽到一份宣言草稿，因而瞭解其中的構想。內容後來經過修改、增補了好幾次，以下就舉一個我覺得最重要的增補內容。

22 祖傳家園宣言

我的祖傳家園宣言

（草稿）

我身為俄羅斯聯邦一介公民，熟知《俄羅斯的鳴響雪松》叢書中以文學形式闡述的生活理念，建造祖傳家園這個構想激勵我付出行動。

我在郊區的荒地已取得一塊一公頃的土地，目標是為我的家人和後代，以及紀念我的先人，創造更完美的居住環境。

我將此地稱為「祖傳家園」，並在取得的這塊土地上開闢菜圃花園、挖池塘繁殖魚類、養蜂群，並種植漿果和蔬菜。

我打算只用天然有機的施肥方式。

我相信如果有大量的家庭有意並懂得開墾土地，在大大小小的城市周圍建造祖傳家園，並且生活其中，他們會有能力向城市居民提供生態純淨的大量農產品，改善當地的生態環境，帶來正向的發展。

我無法接受我國有數千萬公頃的土地未經開墾而雜草叢生，同時卻有高達六成的農作物從國外進口，況且這些農作物的品質大多低落、對人有害，特別是對孩童。

我認為這種情況不僅威脅國家的糧食安全，更會消滅國內人口。

我認為此時此刻怪罪政府或犯錯的人只會適得其反，整體社會才是罪魁禍首，而且不只我國如此。由此可知，多國社會都面臨了社會動盪的危機。在這種情況下，每個人都應思考在不久的將來，自己究竟能做什麼帶來正向的改變。

曾將賭注放在農業經濟的國家都證明了這個選擇沒有什麼效果，甚至帶來慘重的後果。一心只想靠農產品賺錢的農夫互相競爭，為了勝出獲利而不得不使用殺蟲劑、除草劑，並且栽種有害的基因改造作物，從而危及全國人民的性命。

住在祖傳家園的家庭為了自己和住在城市的親人栽種農作物，他們對於土地的態度和農夫有著天壤之別。家園過剩農作物與放在城市商店架上所有農作物的品質不同。

日益嚴重的世界經濟危機使得各國面臨社會動盪的風險，如果想要解決危機，就必須抱持有全新基礎且眾人可以理解的家庭生活理念。《俄羅斯的鳴響雪松》叢書闡述了這樣的理念，而我接受背後的核心概念，我也因此展開上述行動。

一百多個家庭已經在我的家園附近取得一公頃土地、建造家園。他們的孩子在更完美的生態環境中出生成長，事實證明，他們不是因為有補助才這樣做，而是受到這個理念的啟發。

我知道俄羅斯、烏克蘭和白俄羅斯各地已有成千上萬個家庭出於這個理念建造祖傳家園，還有數百萬個家庭打算等到出現有利的法律基礎後立刻行動。很多家庭都計劃以小本經營的方式販售農產品。

我完全支持俄羅斯聯邦政府和總統付出的努力，他們創造了有利的條件鼓勵民眾在城市近郊建造小屋，也將農業用地開放建造小屋，向每個家庭分配土地。我認為每塊土地不能小於一公頃，因為在太小的土地上無法建立相對完美且自給自足的生態系統和小規模農業。

如果家庭配得的土地面積不足，城市周圍的聚落便不能變成供應者，反而成為消費者，使得國內的食物、生態和社會狀況惡化。我認為必須堅定地請求俄羅斯聯邦政府和總統加倍努力，實施有關祖傳家園的必要法規。

我在此呼籲美國政府和國會、聯合國，以及有意富國安民的各國領袖，懇請你們檢視及採納建造祖傳家園的理念，因為這才是最有效的辦法，可以帶領國家走出全球經濟危機、避免迫在眉睫的生態浩劫和食物危機。

俄羅斯已有一大部分的人民將「祖傳家園」計畫視為國家理念，期望這能進一步成為世界各國的國家理念，也期望我們的諸多國家會相互競逐實現美好的未來。

如果各國政府真心理解這個理念，給予支持並發揚光大，就能解決眼前的憂鬱症問題，一場受到啟發而有建設性的國際行動也會隨之展開。

數千個俄羅斯家庭的行動證明了「祖傳家園」計畫可以帶來正面的影響，超過一千五百個著手建造祖傳家園的俄羅斯家庭都已簽署類似的宣言，而且簽署人數日益增加。

期望國內和全世界所有志同道合的夥伴在為家人的生活建造有創意的美好環境時，都能成功並獲得靈感啟發！

（家園創辦人簽名）

這份文件隨著時間擁有了自己的生命，在我心中產生越來越強的份量。我漸漸覺得人最重要的證件不是什麼護照、文憑或勳章，而是和這份類似的宣言。這份文件不斷在我腦中浮現，我也正試著瞭解這些感覺從何而來。文字和語言可能不同，但這並不重要，重點在於內涵。

我將這份宣言唸給阿納絲塔夏聽，傾訴我的感覺並問道：

「阿納絲塔夏，妳覺得為什麼會有這些感覺，而且不只我有？我和很多人談過，他們都覺得這份宣言很重要，卻無法解釋為何如此，為什麼？」

「不瞞你說，弗拉狄米爾，我心中也馬上感覺到這份文件的重要性，但就跟你與其他人一樣，我也無法馬上解釋是什麼讓我有這些感覺，或許我們應該一起想想？」

「或許吧，但我已經思考很久了。我依然覺得文件很重要，但就是不知道為什麼。」

阿納絲塔夏突然精神抖擻、容光煥發的樣子，像她每次強調重點那樣逐字逐句清晰地說：

「弗拉狄米爾，我想我開始明白其中偉大的重要性了。你看！當初造物者創造地球世界時，祂在偉大的創造前先說出了自己的用意，告訴了宇宙所有元素。當它們問祂『祢這麼熱切，是在渴望什麼？』時，祂回答：『共同的創造及其深思帶給萬物的快樂。』」

「但把用意告訴所有人有這麼重要嗎？」

「當然重要，因為告訴所有人等於告訴自己，代表你明白現況並相信自己。

「除此之外，你用文字宣示用意的同時，已經把它化為現實了，而告訴所有人等於號召他們共同創造。」

「為什麼要號召所有人？我的意思是說這會引來嘲笑、反對或冷淡以對。」

「嘲笑、反對或冷淡這些對立面也是創造的一環，它們在完整的創造中扮演必要的角色，你會讓這一切達到平衡。」

「我莫名覺得很興奮，阿納絲塔夏，為什麼？」

「弗拉狄米爾，我也覺得興奮。這份文件象徵著地球即將迎接新的世代，在這背後有一群人，他們的志向蘊含極大的意識。數千年來，人類身不由己地生活，他們渴望什麼？為什麼？他們將什麼傳給後代？他們應該知道哪些發展的途徑錯了？又是哪些發展有錯？女人在汲汲營營的生活中生下孩子，卻沒有給孩子生命的目標，孩子不知道要延續什麼。他們忙碌的一生結束後，世俗的文明也跟著死去，只留下陶罐碎片和箭頭。而孩子會聽到的，僅是外人對父母的評價。

「弗拉狄米爾，你的祖父沒有把自己的生命志向告訴你的父母，也沒有告訴你。你是他們的延續，但你知道他們想在生命中延續什麼嗎？」

「不知道，只能假設。」

「你想假設什麼都行，但你清楚知道他們沒有將生命的志向告訴你。」

「當然沒有。我認識的其他所有人也都沒有。」

「也許是數十億年來，首次有人如暮鼓晨鐘般說：『我有個渴望：我要開始創造，讓我的後代在應許之地生活，而他們要讓這塊土地更完美。他們肯定會比我完美，但一切由我開始！每個後代的內在都會有一小部分的我活著。』」

「我可以舉好幾個例子，說明沒有表達出來的用意如何隨著身體死去。

「曾經有人思考如何為後代改善居住環境，在自己的土地種了一棵雪松，但他不久後便去世了。二十九年後，這棵雪松變得茂密又漂亮，長到十五公尺高，只要再過一年就能結出漂亮又具療效的果實，但他的幾位孩子卻把樹砍倒了。他們不明白樹為何要種在這裡，認為樹蔭遮住了一部分的土地，阻礙菜園中的番茄和黃瓜生長。他們砍下了茂密的雪松，這正是因為那人沒有將自己的用意表達出來。

「成吉思汗征服了大半地球，統一羅斯、印度、中國和巴勒斯坦，讓世界不再有戰爭。他築路、降稅、尊重不同民族的傳統和文化，但他不住在他所佔領的皇宮內，而是住在蒙古包裡。他設法召見全世界的智者，與他們討論如何讓社會幸福，如何讓全人民知道永恆和永生。在世界上所有征服者之中，就屬他的帝國存在最久。他肯定知道什麼，又獲知了什麼並展現出來，但他的帝國還是瓦解了。後世只知道他是一位征服者，現在又有誰知道他真正的用意是什麼呢？他從來沒有說過。」

「說不定只是被人摧毀，或保存在某個地方的卷軸上罷了。」

「用意不能只保存在卷軸上，要留在眾人的心中。成吉思汗沒有表達出來，所以無法世世代代流傳下去。」

「這個例子真是令人震驚，我很訝異為何數百萬年來，世人都不覺得要把自己的生命表達出來很重要。我開始覺得這份文件的確象徵了新的時代。阿納絲塔夏，告訴我，妳會如何向眾人和自己說出妳的志向？」

「弗拉狄米爾，我的志向都寫在你的書裡了，如果還需要具體添加什麼，我會說：『我要收集全宇宙最好的聲音，將它們放進字母的組合和音符之中。』我要懇求現代的詩人、弗拉狄米爾你，還有吟遊歌者將它們表達出來，讓眾多的人用他們的靈魂感受。讓人用自己理解的語言詮釋，模擬地球上的黎明和綻放的花朵。當人類值得擁有的環境在全世界悠揚響起旋律時，我會和善良的鄰居一起幫忙後代建立家園，我不會忘記我的祖傳空間。」

「不過我要跟自己說什麼，怎麼把我的宣言告訴眾人？」

「關於這點，每個人都要自己思考。」

「要自己思考沒錯，即便這份草稿已經在我心中產生共鳴，但要加上什麼內容，還是得自己思考。

「我也會懇求所有讀者自己思考這個問題。」

「這份文件有其必要性，它是祖傳家園起始人寫給後代子孫的重要書信，它是人民對於各級當權者的請託和溝通。如果每個家庭都像這樣保存一份文字優美的文件，當作傳家之寶，再加上開始或有意建造祖傳家園所寫的家族之書，一定會是一件很棒的事情。

「就算過了一百年，後代在美麗祖傳家園的花園中讀到這份宣言時，仍會感到興奮與感激，在閱讀的過程中想起起始人。再過一百年後，如果有人在生活的漩渦中迷失自我，在整理父母的舊物時也會忽然發現並閱讀這些尚未實現的用意，遂而燃起強烈的渴望，讓這些用意成真。

「我想如果把這類的文件一一寄給地方政府官員和聯合國，應該也會有用。

「我更覺得有必要在聯合國的框架下，每年召開題為『未來祖傳家園』的科學實務大會。」

23 我孤單的一公頃土地

阿納絲塔夏有一個在我看來不是很討喜的個性，她雖然擁有龐大的資訊，樂於回答大多數的問題，但對於某些問題卻會斷然拒絕回答。這種說一不二的個性有時會激怒我，有時讓我心生怨懟。但她看到我生氣或怨懟後，仍然不改自己的立場。

舉例來說，她就斷然拒絕弄一個祖傳家園及當中景觀設計的規畫樣本。「這樣做是在干涉你的創作，弗拉狄米爾，阻礙你的思考運作。這會變成是由我生出計畫，而不是你，就像不是你的親生孩子一樣。」她說完後還提了幾個論點。

但我後來遇到了一個嚴重到無法解決的情況，正好與家園的建造有關。我一直在想如何說服阿納絲塔夏幫忙，或告訴我這個問題無法解決，好讓我不去浪費時間。

我又試圖說服阿納絲塔夏，希望她不要堅持自己的原則。這次我挑了一個合適的時間——那天陽光普照，泰加林瀰漫一股香氣。阿納絲塔夏坐在雪松下，將她的金髮綁成辮子。

我在她的附近徘徊，腦中思索哪些論點比較有力。後來她先開口，帶著微笑溫柔地說：

「弗拉狄米爾，你在煩惱什麼複雜的問題嗎？你就在我的身旁，腦中卻想到很遠的地方。」

我坐到阿納絲塔夏身旁，盡量以有說服力的語氣說：

「我跟妳說，阿納絲塔夏，我遇到一個情況，沒有妳的幫忙無法解決。」

「什麼情況，弗拉狄米爾？」

「七年前我在弗拉基米爾城附近，開吉普車觀察周遭環境時，不小心開進了農地動彈不得。車子的底盤卡住了，只能靠拖車拉出來。等待拖車司機的同時，我看著眼前長滿雜草的荒廢農地。那裡還算漂亮，周圍有一片綜合林，一條小溪流過樹林前方，不遠處還能看到一座大湖。我當時心想如果這裡是祖傳家園聚落該有多好，大家在這裡蓋起美麗的房子、栽種花園和菜園，還有鋪設正常的道路。

「一年後竟然成真了，這讓我感到不可思議。開始有《俄羅斯的鳴響雪松》叢書的讀者取得了土地、建造祖傳家園。幾位籌辦人建議我也取得一公頃土地，我當時也莫名其妙答應了，應該是想支持他們吧。但我後來幾乎沒去處理那片地，有時甚至完全忘了它的存在。我只打了兩次電話，請人幫我種芥菜籽改善土質。那裡的土壤並不肥沃，只有十五至二十公分深的沃土，底下就是三十公分深的沙層，再來是黏土層。

「我壓根忘了這塊一公頃的地，畢竟我有公寓住，近郊還有阿納絲塔夏妳知道的那間郊外小屋。我在西伯利亞也有地方住。

「不過我五年後恰好經過當初吉普車卡住的地方，當時只是順道開過而已，眼前的景象卻讓我相當震驚。妳能想像得到嗎，阿納絲塔夏？奇蹟發生了！大湖兩邊原本荒廢的地方蓋了各式各樣的房子，有大的，有堅固的，還有非常小巧的。鋪著碎石子的車道從馬路通到各家房子，村民將湖邊廢棄的農地分區，建造起祖傳家園。

「我想起當初我在卡住的吉普車旁時，夢想著這一片農地上出現祖傳家園，卻沒想到連湖泊周圍的所有農地都有人耕耘了。一座幸福的新俄羅斯小島在這片雜草叢生的荒野誕生了。」

「這表示你的夢想有很強的力量，弗拉狄米爾，而且是正確的，他們才會接受。現在你親眼看到夢想正在化為現實、正在發展了。」

「老實說，我五年前在吉普車旁夢想時應該警慎一些才對，如果早知道事情會變成這樣，當初應該讓這個夢想胎死腹中的。阿納絲塔夏，我沒有考慮到一件事情。

「我從頭到尾說給妳聽，這就是我急需妳幫忙的地方。」

「從頭到尾說給我聽吧，弗拉狄米爾。」

「五年後，我在碎石子路上開著同一輛吉普車載著一名當地居民時，有個地方引起了我的注意，於是我將車子停在那片雜草叢生的一公頃土地。這塊地左邊有另一塊一公頃的土地，上面有工地拖車，旁邊是已經蓋好屋頂的美麗房子，窗戶還沒有玻璃，但看得出來住戶想把祖傳家園弄成宜居的地方；荒地右邊的土地也有一間美輪美奐的木屋，還有附屬建築、澡堂，住戶也挖了一座池塘。右邊的房子似乎以花圃為傲，當然也為美化它的人感到自豪。

我當時對同行的居民說：『我感覺這些一公頃土地都有自己的命運，而且與人的命運難分難捨。』

「對方回答：『我也這麼覺得，或許每個人在世上的某個角落都有自己的一公頃土地，卻渾然不知或根本忘記了。』

「我接著說：『如果有大片的農地遭到荒廢，每一公頃的土地並不會委屈，因為它們同病相憐，都和孤兒沒有兩樣。但這裡不一樣了，土地感到相當委屈，你看右邊和左邊的土地都有建設，但中間這塊好像孤兒。』

「同行的居民默不吭聲，甚至低頭，似乎在為雜草叢生的那塊土地和拋棄它的人感到尷尬。

「我這時問：『這是誰的地？』他卻頭也不抬地回答：『您的，弗拉狄米爾先生。』

『我的？』

『對，我們大家一起在這塊土地鋪設車道，埋水管並鋪上石頭，立了柱子標示車道的位置，還在兩旁種小冷杉，但之後就沒再施工了，大家都忙著照顧自己的地。』

「我走出車外。我的土地接近正方形，一百乘以一百公尺，鄰近的樹林雜草叢生，不只看起來像被拋棄而無家可歸的孩子，很孤單的樣子，甚至比孤兒還慘。至少孤兒還有地方去，能在同樣境遇的人之間交到朋友，多少打理一下自己，我的一公頃土地卻無能為力。

「我走在土地的邊緣，突然在雜草之間看到兩朵美麗的小花。當時是九月的秋天，但它們依然盛開。從馬路是看不到它們的，因為周圍的雜草都比較高。『哇！』我心想，『我的土地依然想要變美，天曉得花的種子是怎麼到這兒的，但我的土地滋養了它們，用這兩朵小花接觸我，像孩子伸手懇求什麼一樣。』

「我的心中不知為何出現一股無法抵擋的渴望，我想要耕耘這塊土地，讓它變得不比別家的土地差，甚至還要更好。我不知道為何會有這股渴望，我沒有把這塊地當成給家人的祖傳家園，只是想讓這裡的一切變得正確、美麗。我不是一時興起，而是出現無法抵擋的渴望，要讓它變成最好的土地。說不定等它成為全世界最好的土地後，我的孫女們還會被它吸引呢。

「我時常在腦中回到自己的土地，在紙上規劃不同農舍的位置，還列出應該栽種的植物。我平常忙著與書相關的工作和生活的大小事，但這塊土地一直以令人開心的方式刺激我的思考，甚至讓我不再煩惱不愉快的問題。說來不可思議，但正是因為這塊土地讓我克服了許多生活上的難關和心理問題。人與土地之間終究都有一種神祕的羈絆，在這羈絆背後有著具生命力的連結。我想讓土地變美、想照顧土地的渴望越來越強。」

「你的心中出現很棒的渴望，弗拉狄米爾，我甚至感受到這是一份炙熱的渴望。它也會幫你的。」

「它是誰？」

「你的土地。你自己也說了，它以令人開心的方式刺激你的思考，甚至讓你不再煩惱不愉快的問題。」

「阿納絲塔夏，我的土地有個很大的難題，它就像天生有身體障礙的孩子。」

「什麼障礙？」

「這些地除了雜草什麼都長不起來，蔬菜也種不了。那裡的居民沒有正常的菜園；附近有一座兩百年的村莊，村民從來沒有正常的菜園。那裡的沃土層很薄，底下全是黏土。春天經常積水很長一段時間，夏天下雨時也會這樣。大多數植物的根無法穿透黏土，就算你挖很深的洞挖到黏土層，從別的地方運來沃土填滿，樹木依舊可能會死。黏土坑會在雨季積水，而黏土無法將水排走，造成樹根腐爛。」

「弗拉狄米爾，我認為這個情況沒有像你說的沒有對策。告訴我，當地人對這個情況有什麼感受？不氣餒嗎？」

「是啊，他們不氣餒。大多數的人覺得那是他們即將流傳數世紀的祖傳家園，有些父母來住不久後甚至要求子女不要將他們葬在公墓，而要葬在祖傳家園。一切都好，但就是土地上的植物無法正常結出果實這點讓我非常煩心，我甚至後悔當初夢想這個地方能夠出現聚落。我現在覺得有點內疚。」

「弗拉狄米爾，你打算怎麼處理你的地？」

「我不打算丟下它，我覺得一定會有辦法的。」

「我也這麼覺得，你應該想辦法解決。」

「我想過了，但就是找不到方法，所以才來求妳幫忙。」

「你想解決什麼問題，弗拉狄米爾？具體說出來吧。」

我很高興阿納絲塔夏問起細節，於是決定盡可能把問題講得複雜一點，覺得不這樣的話無法引起她的興趣。我開始解釋：

「阿納絲塔夏，我懇求妳，由衷懇求妳想辦法讓我和其他人的土地可以長出蘋果樹、李樹、梨樹、酸櫻桃樹和甜櫻桃樹，讓葡萄可以成熟！還有漂亮的花和各種灌木叢。另外也想辦法以最少的花費讓一切成真，讓一般收入的人就能做到，不需要是砸好幾百萬元的大老闆。」

「就這樣嗎，弗拉狄米爾？」

「還沒說完，阿納絲塔夏，我懇求妳，由衷懇求妳想辦法讓一切在三年內成真。」

「四五年比較好。」

「不行，要三年內。」

「你給了自己一個很好的任務，弗拉狄米爾。如果你能達成，我會由衷感到高興。」

這樣的回答使我心中燃起無名火，我跳了起來，但忍住性子沒有說粗話。我盡可能冷靜地解釋：

「阿納絲塔夏，我不是只為了自己求妳，妳要明白這點。那裡共有三百個家庭，整整三百個，他們都在建造祖傳家園。他們理解、感受到妳說的話，這已經成為他們的夢想了！但他們建造家園的地方非常、非常貧瘠，甚至還有文件紀錄。這些人拿不到別的土地了。經濟重建前，這些土地屬於國營農場，當時政府做了排水系統改善土質，將管線埋到地下排水，但除了穀物外依舊什麼也種不出來。

「現在這些改善設施沒了，設備被人偷走，我們幾乎束手無策了。但不正是因為什麼都沒用，才值得一試嗎？我現在該怎麼改善土地的土質？

「除此之外，我實在很難完整規劃自己的土地，我真的想把一切快點做好，我要趕上那些早我五年的人，所以才來求妳幫我規劃、挑選植物。」

「規劃當然相當重要，弗拉狄米爾。計畫圖是一種依據未來想法而生的創造，有了計畫圖之後就會開始實現。但如果你要我規劃，那你會有什麼計畫在這塊土地上實現？」

「我跟妳說，我自己也在規劃，但我害怕出錯。我其實原本想做一些看似簡單的事情，像是有生命的圍籬，結果一點也不簡單。可以無限地做出改進，但這需要的知識不亞於設計太空船的人，必須知道哪些花會在哪個時期開花、需要哪種土壤、夏天會長到多高、會長出什麼花、與其他植物的花如何搭配等數不清的問題。我原本想用土坯蓋個什麼，但專家說會被雨水沖走。妳能想像嗎？我要蓋個東西、僱工人，最後卻會成為笑柄。」

「就算出錯，弗拉狄米爾，也是你自己的錯誤，而這個錯誤會化為現實，所以你才要親自規劃。你當然可以詢問別人的意見，但最終決定權應始終在你手上。弗拉狄米爾，你在春天可以只種一年生植物，等到植物長大後割下來，用它們來改善土質，明年再做一樣的事。」

「我等不及了，我想要快一點，不然又白白浪費一年了。」

「或許你不該這麼急的，最好腳踏實地做好每件事，況且如果你想在一年內做好所有事，你的植物選擇就會變得非常有限。秋天當所有一年生植物枯萎，有生命的圍籬就會沒有任何植物，對你失去了魅力。如果把一切做對，你可以得到更多正面的情緒。話雖如此，做事當然還是有捷徑的……」

阿納絲塔夏瞬間露出若有所思的樣子，我以為她在思考怎麼走捷徑，但她的回答卻是這樣……

24 失去信念的障礙

「你的要求是做得到的，弗拉狄米爾，我感覺這做得到，但你不想自己去找方法。你不費心思尋找，反而浪費精神說服我找。

「你為自己設下了障礙——不相信自己力量的障礙，而且你試圖說服我的同時，就是在讓這個障礙越來越大。障礙後方，弗拉狄米爾，不相信自身力量的障礙後方是一座花團景簇的花園，到處都是美麗的花朵。那裡住著一群幸福的人，而你卻看不到，你被自己設下的障礙擋住了。

「如果是我找到方法，這個障礙又會更大，況且我找的方法說不定會簡單到讓你覺得受辱，你可能會想：『我怎麼沒有想到？』你會覺得這讓你顯得無能。

「你找我可能是認為我是巫師，可以召喚人類未知的力量解決你的問題，但我根本不是巫師。我可以透過感覺接收有關萬物的宇宙資訊，明白宇宙知道的一切，但其實每個人都有能力接受這樣的資訊，但前提是不能設下不相信自己力量的障礙，身體也要健康、思想沒有扭曲。

「宇宙的資訊就像超級電腦儲存的資料，擁有電腦的人只要按下幾個按鍵，就能獲得需要的資訊。現在想像一下，弗拉狄米爾，你不自己按下按鍵，卻要求我替你做。人一直都需要資訊，如果自己不知道怎麼按這些按鍵，就會一直有求於人，需要會按的人在你身邊。」

「我知道怎麼用電腦獲得資訊，只是不知道怎麼從宇宙取得。」

「很簡單，非常簡單，自己去找解決的辦法，相信只有你自己可以找到正確的辦法、最正確的辦法。」

「我一直在想，想一整年了仍然沒有答案。」

「我跟你說，答案無法跨越你設下的障礙，這點從你急著求我就看得出來。我不能替你解決問題。」

阿納絲塔夏堅決不幫我，讓我感到非常憤怒。

「是啦，妳當然不會幫我的，妳總是堅持己見，什麼理由都不能改變妳的心意。」我語帶諷刺地說：「我再說一次，那裡有三百個家庭，但願神沒有讓其他地方建造祖傳家園的人遇到這種情況，但那裡有三百個家庭啊……」

「弗拉狄米爾，或許真的是神設下了這種情況。你想想看，如果土地一開始就很肥沃，他們說不定就得不到這些土地。也許是神親自安排了一切，讓政府覺得這些地不適合栽種花園。因為這種情況，三百個家庭才能取得這些土地，開始建造祖傳家園。也許有人會嘲笑他們，說他們弄不出天堂樂園般的綠洲，但資訊會以小火花的形式穿越過來並觸及他們其中一人，使這些地方被水果樹上、草叢間的數十億株花朵照亮。」

「這種小火花也許真能穿越過來吧，但我們現在就要生活，現在！我們想要抱持對未來美好的願景，而不是無望的。」

忽然間，我感覺到背後有一股暖意，於是轉過身。兒子瓦洛佳站在我的面前，與我四目相交。不尋常的暖意越來越強。

兒子長得像阿納絲塔夏，可能也有點像年輕時的我。他幾乎跟我一樣高了，年幼的身材勻稱，運動員般的體態教人嘖嘖稱奇，但不是那種刻意練出來的肌肉，而是有一種理想的協調感。

兒子的眼神……就和阿納絲塔夏溫柔的眼神類似，他的眼神中也帶有……不瞞各位，他的眼神傳達了一種難以解釋的信心，一種難以解釋又沉著的信心，猶如他不知道人生會有什麼困難，或想不到人類會有什麼無法克服的難題。

瓦洛佳向我鞠躬，然後對著阿納絲塔夏說：

「媽，我聽到你們剛才的對話了。媽，請允許我跟妳談談，表達我的意見。」他恭敬地向阿納絲塔夏鞠躬，靜靜地等她回應。

我第一次看到，或說感覺到他對阿納絲塔夏的敬重與愛。看來沒有得到母親的許可，他是不會開口的。

阿納絲塔夏專注地看著兒子，不急著回答。她的眼神並不嚴肅，比較像是溫柔又尊敬的眼神。

「真奇怪。」我心想，「這麼簡單的要求，她為何過這麼久還不回答？她的思考速度飛快，在這麼長的停頓中都可以算好一堆可能發生的事了，但在這裡沒有什麼需要計算的呀。」後來阿納絲塔夏終於回答：

「說吧，親愛的兒子，我和爸爸會認真聽你講話。」

「媽，我覺得妳如果幫爸爸會很好，也是對的。我感覺得出來他很重視這個問題，如果妳能幫他，他不相信自己力量和智慧的障礙不會變大，反而會變小，可能還會有一部分開始瓦解。我覺得爸爸需要幫忙。」瓦洛佳不再說話。

阿納絲塔夏一樣沒有馬上回答，而是以慈愛的眼神、面帶微笑地看著兒子，然後說：

「你說得當然對，親愛的兒子，這種情況下爸爸的確需要幫忙。瓦洛佳，請你幫幫爸爸吧，你們兩個會找出方法的，其他人也會。最好現在就在這裡開始找，我不會打擾你們。」

阿納絲塔夏轉身緩緩離開，走了幾步後又轉回來補充：

「你們要做的事情既有趣又能帶來好處——在視覺上和意義上使居住環境變得完美。」

我站在兒子的面前問他：

「告訴我，瓦洛佳，你有辦法像媽媽那樣運用宇宙的所有資訊嗎？很多思想家都談過這點，知名作家史坦尼斯勞・萊姆（Stanislav Lem）也說過宇宙就像一部超級電腦，我們的生活不能沒有它。你能成功運用它嗎？」

「沒辦法像媽媽這麼快。」

「為什麼？」

「因為媽媽是純種的。」

「什麼意思，純種？」我驚訝地問。

「意思是說原始起源的人種保存在她的體內。」

「為什麼你的體內沒有？啊，我懂了……」我心想：「因為我不是純種，說不定阿納絲塔夏就是這樣跟他解釋的。但她當初為什麼會答應與一個不純的人生小孩？難道她找不到別人了嗎？」

兒子專注地看著我，似乎知道我在想什麼，於是開口：

「媽媽非常愛你，爸爸。跟我來，我給你看兩樣東西。」

「走吧。」我答應後跟著兒子走。

當我們抵達我和阿納絲塔夏初次見面當天過夜的洞穴入口時，瓦洛佳搬開一顆石頭。眼前出現一條長坑，或者說是小洞穴。他把手伸進去，感覺像在拿保險箱的東西似的，拿出一罐干邑白蘭地空酒瓶和一根樹枝。

我想起這是我當初與她初次見面、在途中休息時喝的干邑白蘭地。「哇，她居然把瓶子留了下來。」我心想。

「這根樹枝是什麼？」我問瓦洛佳。

「這是你當初本來想用來打媽媽的樹枝，那時我還沒出生，媽媽不答應由你照顧我。」

「她其實不用把這根樹枝留下來的。」我難為情地說。

「媽媽說你拿這根樹枝時，你的體內流竄大量的能量，所以她現在很珍惜這根樹枝。」

「她留這些東西做什麼？至少酒瓶是拿來裝水的吧。」

「媽媽沒有把它拿來裝水。她常常來這裡搬開石頭，拿著酒瓶和樹枝，面帶微笑地說幾句話。她這樣做是為了讓你永遠活著，爸爸，時不時你會入睡一會兒，然後在新的身體醒來。」

「怎麼可能說幾句話就能做到？」我詫異地問。

「話語可以創造很多事情，爸爸，何況還是從媽媽口中說出來的，她經常反覆地說。」

「她到底說了什麼，瓦洛佳？」我小聲地問兒子。

兒子開始像讀詩般，唸出阿納絲塔夏常在這裡說的話。

「我的摯愛，在你我面前的是永恆，生命總是自己活得精采。春天和煦的陽光灑落，靈魂獲得新的軀殼，世俗的肉體自然也溫柔地擁抱土地，我們的身體在春天長出鮮花和嫩草。

倘若你缺乏信心，像塵埃般消散在無垠的宇宙，我的摯愛，我會把你在永恆中流浪的塵埃找回來，聚集成你的樣子。」

「瓦洛佳，我聽過阿納絲塔夏說過這樣的話，我當時以為她只是在講一些優美的句子，沒想到真的是字面上的意思。」

「對，爸爸，就是字面上的意思。」

「嗯……」我拉長語調地說：「非常謝謝阿納絲塔夏給我的永恆。」

「爸爸，你親口對媽媽說吧，告訴她你相信她的話，她會很高興的。」

「我會的。」

「我們要來解決你的問題，爸爸，不過現在是你我共同的問題了。我們去湖邊吧，在沙子上畫出你說的土地規畫圖，一起想想怎麼安排。我們要拼命地思考，直到找出正確的辦法。」

我走在兒子後方心想：「怎麼找得到？怎麼找得到辦法？我翻遍了資料和網路都沒有答案，到處都找不到。我甚至請教過農耕專家，他們也沒有實用的建議。而他，瓦洛佳，肯定沒有讀過這個問題的相關資料，也沒有阿納絲塔夏那樣的能力。他不知道如何運用全宇宙的資訊，他要用什麼找到辦法？看他走路的樣子，感覺自己能夠解決問題似的。與其抱持無謂的期待或浪費力氣搜尋，不如採取更有效的行動。」因此我決定跟兒子聊聊。

「等一下，瓦洛佳，我們先去那棵樹上坐著，我想跟你認真聊聊。」

「好，爸爸，我們去坐下吧，我會認真聽的。」

我們坐在一棵倒下的樹上，他把手放在膝蓋上，以類似阿納絲塔夏的眼神專注地看我，但我不知道如何開口，因為這不會是一個開心的對話。雖然不開心，但仍有必要。

「我現在要說的話可能會惹你不開心，瓦洛佳，但我非說不可。」

「說吧，爸爸，我可以忍受不開心的事，不會生氣。」

「瓦洛佳，你要知道，阿納絲塔夏叫你幫我是希望我不要再求她，但你幫不了我的，也幫不了那些建造祖傳家園的人。你沒有媽媽的能力，對農耕也沒有研究，而且你肯定不知道什麼叫『景觀設計』吧？」

「爸爸，我想景觀設計是指打造美麗的空間。」

「接近了，但想要打造美麗的空間，人要花五年以上學習相關知識、交流資訊、看不同的圖稿。你看過任何有好設計的家園嗎？」

「我和媽媽去村莊時，我看過居民在房子四周的地……」

「你看到的都是沒有景觀設計可言的鄉下菜圃。」

「是菜圃沒錯，爸爸，但我已經想好怎麼打造自己的家園了。我常常思考、想像自己的家園。」

「光靠想像是不夠的，必須擁有完整且專精的知識，但是你沒有。所以說，你的想法沒有根據。我已經想一年多了，而且不只是想，我還請教過一些專家，可惜完全沒用。我們兩個光用想的不會讓事情有所進展，但你還是可以幫我，我有個計畫，你要幫我說服阿納絲塔夏解決這個問題。如果我們兩個夠堅持，她會妥協的。」

「爸爸，但是媽媽已經決定了，而且她的決定就是要幫忙呀。我不允許自己說服媽媽收回決定。」

「聽聽看你自己說的！說什麼不允許自己！」我大喊，「媽媽要你幫忙，你想都沒想就答應了，但爸爸求你時，你卻立刻拒絕。這就是你受的教育啊！不尊重長輩！不尊重父親！」

「我非常尊敬你，爸爸。」瓦洛佳冷靜地反駁，「我會履行你的要求，我會幫你。」

「這才像話。我們先散步一下吧，等到傍晚再假裝非常難過的樣子去找阿納絲塔夏，讓她於心不忍而決定幫我們。」

「爸爸，我說的幫你是我們一起解決改善土質的問題，模擬整座家園的景觀設計。」

「原來如此！你的意思是說解決這個問題，但你到底懂不懂……我們走吧，你會瞭解的……」我快步走向湖岸。

我用樹枝在沙子上畫出比鄰樹林的一公頃土地，瓦洛佳則鋪上不同的草，將幾根樹枝插在另一邊的沙子上當作樹林，與土地僅隔著一條小路。我畫出土地的設計圖，原本想讓瓦洛佳知道他做的是無謂的嘗試，結果我卻開始尋找所有可行的辦法。

我們花了兩天思考如何在貧瘠的土地上種出菜園，讓各種蔬菜成熟。我們在腦中推演了好幾遍，討論各種方案，但仍然找不到辦法。我們無法解決問題，因為其中一個條件是我們必須用最少的資源。如果沒有這個限制，我們大可花大錢請貨車載沃土過來，但這至少要載五十趟，每一趟要價一萬七千盧布，全部就要花八十五萬盧布。

三百個家庭大多無法負擔這麼龐大的費用，何況春天地表的積水可能會把沃土沖走、流向低處。

為了不再費心思考看似無望的土質改善問題，我和瓦洛佳開始設計這一帶的景觀。具體來說，我們試著讓不同的建築物能夠相互搭配，融入附近的景色。

我向瓦洛佳解釋：

「我們得先蓋廁所和澡堂，再來是棚子、房子、車庫、地窖和溫室，我們要設計得漂亮又便利。」

我們用沙子做出房子模型，放在土地的正中央。澡堂和廁所在房子旁邊，棚子則在後方。我們一樣用沙子做了溫室，在長方形沙丘上鋪了白色樹枝，讓它看起來像玻璃或塑膠膜。

這座溫室顯然放在哪裡都不合適，我們先放在房子右邊，又放在左邊，但整體看起來都很突兀。老實說，整體的配置我並不喜歡，瓦洛佳看起來也是。他若有所思地看著模型說：

「我們有地方做錯了。」

「而且不只一個。」我接著說，「看起來有好多個。」

「我覺得只有一個，一定有什麼正確的辦法、某些原理、觀點或什麼的可以立即解決所有問題。」

「能有什麼新的辦法？我都已經跟國內大多數人的做法一樣了，這樣的設計已經存在幾個世紀。看來沒有其他辦法了，總不可能幾個世紀以來的人都做錯，不曉得有某種可能根本不存在的原理吧。」

「原理的確存在，我感覺得到。」瓦洛佳沉默一下後繼續說：「或許將來才會存在，我們得好好想想，爸爸，我們會找到的。」

「如果你我都沒辦法接觸宇宙的資訊庫，到底要怎麼找？」

「從自己身上找起。」

「或許你能從自己身上找起，但我都快六十歲了，沒多少時間了。」

「有時間的，爸爸，我們一定有時間的。我會非常努力，我會找到，我們會找到的。」

我想得過於入神，導致我晚上躺在洞穴內散發香氣的草上睡著後，還持續在夢中思索各種方案。夢中的果樹和花兒在我的面前迅速成長，但一下子就枯萎凋謝，沒有結出果實。

25 巫師的對決

到了第二天中午，我和兒子開始思考另一個問題：「與其想破頭也不知道怎麼改善土質、把春天的積水引走，不如想辦法留住水、選種親水的植物吧？」這個辦法結果差強人意，也沒有好的菜園。此時阿納絲塔夏牽著女兒走了過來。

小納絲芊卡大概覺得我和瓦洛佳在玩遊戲，於是立刻坐在我們旁邊，專心地看著眼前的模型。我們之前已經挖好一個小坑當作池塘，池塘邊緣堆起沙子當作黏土，因為那塊土地本來就有黏土。

為了不要坐著和木頭一樣，我拿起樹枝挖深土地的邊界，然後把樹枝丟到一旁，看著眼前的沙子模型。

納絲芊卡四肢並用地爬向模型，坐在邊界旁，不知為何若有所思地摸著鼻子，接著突然……她用肥嘟嘟的小手把沙子推到邊界上做成小土丘，動作緩慢而謹慎。她推到其中一邊的中間時，瓦洛佳開始在另一邊上堆起小土丘，我也莫名其妙地用雙手把沙子推到邊上。最後土地四周都做好了土丘。我們靜靜看著成果，似乎包括我在內的人都在試著理解其中的意義。

「啊，我懂了。」阿納絲塔夏的聲音從我背後傳來，「太厲害了！你們的辦法真是獨特！現在我想更準確地理解、推測你們的想法……我明白了！你們打算善用本來就在那塊土地的沃土，沿著邊界用沃土堆出近一公尺高的土丘，同時用到沃土層和沙子。真棒！你們把沃土層變厚了。

「你們決定在整塊土地四周做兩道相隔四公尺的黏土牆。你們挖好池塘後會有很多黏土，剛好可以用來築牆。土丘會在兩道黏土牆形成的溝渠裡面，你們把樹林的樹枝和落葉丟進溝渠，夷平上方的土壤，讓它變成長達四百公尺的堆肥溝。這樣一來會有高於地面的土壤，黏土牆還能在春雨時防止沃土被水沖走。

「高起的土壤在春天升溫比較快，可以提早兩個星期種許多植物。由此看來，你們知道在地上挖洞這種製作堆肥的方法比較沒用，因為水會長時間在表面滯留，洞裡的積水因為黏土而無法排掉。栽種果樹的話，樹根可能會被泡爛。

「第一年就能在土丘上種玉米、向日葵，並在外側種花。同年秋天前，土地四周不僅會被土丘環繞，更是被土丘上兩公尺高的綠色圍籬環繞，快秋天時你們再用土把圍籬埋起來，隔年春天土丘就會變得更肥沃。等到土壤堅固後，就可以種植果樹、蔬菜和花。一段時間後，黏土牆可能會因為濕氣而塌陷，但這也沒關係。塌陷的黏土仍能撐住沃土層，植物的根也會防止黏土牆繼續塌陷。

「你們在池塘旁做邊長半公尺的正方形土堆要做什麼？噢，別告訴我，我知道答案。你們要把樹林搬來的沃土堆在那裡種果樹，然後在果樹四周種蔬菜和花。

「很棒，你們找到一個既簡單又有創意的辦法：在必要的位置將沃土層提高至離地零點五公尺，這種土丘對樹根而言比較溫暖適宜。生長的樹木接著發揮自己的作用，每年秋天落下葉子，葉子腐爛後讓沃土層增厚。

「這樣很好，你們像按了按鈕般啟動自我滋養的生態機制。」

我知道阿納絲塔夏是在講她發現的辦法，但假裝好像是我們發現的，她只是解讀出來而已。我一點也沒有覺得受辱，反而很開心她找到了辦法。這個辦法簡單又美好，不會花太多錢。

但瓦洛佳一點也不高興，他低著頭目不轉睛地盯著家園模型。當我瞭解他的靈魂正經歷些什麼時，我的心感到很沉重。他在我面前變得難為情，因為他才向我保證會找到辦法。他也因為沒有完成阿納絲塔夏交代的任務而感到羞愧。

在這一天半中，我和兒子因為一起思考計畫而變得親近，我也不再為了他的固執生氣了。我看到瓦洛佳想方設法改善土質，所以為他感到難過，甚至不再聽阿納絲塔夏講話。說真的，不能這樣羞辱一個小孩子！何況我前一晚還堅稱他不可能想得出辦法，如今阿納絲塔夏的一番評論又讓我們功虧一簣。她不該這樣的。還是說……我覺得阿納絲塔夏是故意捉弄兒子，要讓他絞盡腦汁、加速思考。

「你們模型中央的這個方形是什麼？」阿納絲塔夏問。

「這是房子。」我回答，「我和瓦洛佳決定把房子蓋在家園中央，周圍是不同的農舍。我們在大門和房子之間鋪路，路的兩旁種花。」

我相信阿納絲塔夏會讚揚這樣的決定，所以才說「我和瓦洛佳」，但實際上是我決定把房子蓋在家園中央的。我想盡我所能支持兒子，結果卻適得其反。

「你們房子的門口在哪兒？」阿納絲塔夏問。

「當然是正對車道呀，車子可以一路開到門前並且停車，下車後直接走上陽台。陽台擺張桌子，可以和朋友喝茶賞花。」

「還有賞車道。」阿納絲塔夏語氣有點挖苦地說。

「對。」我回答，「如果車道鋪漂亮石板的話。」

「那房子後面有什麼？」

「房子後面有池塘、花園和一些菜園。」

「所以花園會在後院。你和朋友在陽台喝茶賞花，而後院的一切無法得到你們的關注。弗拉狄米爾，你知道所有動植物都需要人類的關注，沒有的話就無法徹底實踐自己的使命。

「植物知道人類最需要什麼能量後，可以將必要的能量給他們。但如果你和植物的互動有限，它們怎麼知道你需要什麼能量？弗拉狄米爾，你知道與植物世界互動的目的是什麼嗎？」

「我知道。」我回答，試圖掩飾內心因為沒有選好房子地點的失落感。半公頃的土地，包括花園在內，的確都在後院。

「我還有一點不明白，」阿納絲塔夏繼續說，「為什麼你們不把池塘旁的大土丘移走？這讓空間變得很重。」

聽完這番話後，瓦洛佳再也按捺不住，起身像之前那樣向阿納絲塔夏微微鞠躬，開口說：

「媽媽，容我向妳解釋一下。」

「好的，兒子，請解釋。」

他們母子面對面站著，我不知為何覺得他們像是宇宙的兩大巫師。他們現在要對決了，一場人類智慧與能力的對決。天啊，阿納絲塔夏好美！這位與我最親近的女人擁有如此神祕又不平凡的能力和思想，我一輩子都達不到她的境界，兩輩子也無法。兒子的五官長得有點像阿納絲塔夏，看起來也很俊俏、標緻，只是有點莽撞或過於自信。為什麼他要參與這場對決？他才在我面前說過，他的能力不如阿納絲塔夏。或許他真的果斷又信心滿滿，但還是莽撞了些。話雖如此，我仍全心全意支持瓦洛佳，希望他在這種形式不明的比賽中勝利。比賽開始了。

「那不只是土丘，媽媽。」瓦洛佳開口。

「那到底是什麼？」阿納絲塔夏面帶微笑，語氣有點挖苦地問。

「嗯，該怎麼說呢……」

瓦洛佳拉長語調慢慢回答，看得出來在為土丘找合理的解釋。他忽然開口：

「那是澡堂，媽媽。」

兒子這突如其來的荒謬解釋讓我不禁抖了一下，但仍不由自主地認同他說的話：

「是的，就是一般現代的澡堂——家園非常重要的設施。沒有澡堂要怎麼洗澡、做蒸氣浴？」我盡我所能地拖延時間，好讓瓦洛佳擺脫僵局、思考如何解釋。他大可說這個小山是冬天用來滑雪的，他果然太莽撞了。「而且房子蓋好前，還能先睡在澡堂。」我順著邏輯繼續解釋，但不知道怎麼接下去後便不再說話。

「奇怪，我覺得這座黏土丘不像澡堂啊，而且我沒有看到澡堂的入口。」阿納絲塔夏說完了，兒子不該隨便回答澡堂的。他輸了，巫師對決結束，但瓦洛佳繼續說：

「這只是模型，媽媽。我們是用沙子堆出黏土丘，沙子會滑下來，很難做出入口。」瓦洛佳依舊緩緩回答，顯然在爭取時間努力思考。忽然間，他的臉似乎亮了起來，精確而有自信地繼續說：「到時用黏土蓋的時候，我們會在池塘那一側做一道小門，讓人走進這座圓頂的橢圓形澡堂。橢圓形澡堂的直徑兩或三公尺，高度兩公尺三十公分，牆的厚度一公尺。牆內有幾個排出蒸氣和熱氣的通道，這些通道會匯聚成一個可用塞子塞住的大通道。

「橢圓形澡堂內部最外圍可以擺石塊，中間則是點火的地方。

「澡堂的牆壁內側會變熱。你可以在池塘邊欣賞火，如果不想欣賞，可以把門關上。內牆溫度變高、火熄滅後，人就可以進去澡堂，讓暖氣從四面八方把身子弄暖。黏土還會釋放對人體有益且健康的熱能。」

「對，這對人體非常有益，」阿納絲塔夏現在露出深處的表情。「尤其是如果把泡草藥的容器放在裡面的話。宇宙中沒有與這種澡堂有關的資訊，你們無從取得，這表示你們為宇宙添增了這種資訊，現在你們……」

我看著模型的小丘，想像這間澡堂和周圍的花圃、玫瑰和漂亮的池畔。光用想的就有一種美好的暖流流遍我的全身。我的直覺告訴我，瓦洛佳想出了前所未有的設計，這讓我感到特別開心，我的身體和靈魂似乎都跟著開心了起來。

我又重新思考家園的整體設計，想著阿納絲塔夏是多麼美好，身和心都是。看來她不是不關心這個計畫，說不定她還是解決土質問題的最大功臣，我們早先還覺得這個問題無望了。這個辦法太厲害了，將常見的堆肥溝拉到地面之上，變成有生命的圍籬。這表示她終究打破了原則伸出援手，用不經意的方式幫助我們。我走向阿納絲塔夏，對她輕輕地說：

「這全都是妳想的，妳找到了辦法，謝謝妳，阿納絲塔夏。」

「是我們一起想的，弗拉狄米爾。」阿納絲塔夏同樣對我輕輕地說，「你說的那三百個家庭或許才是最大的功臣。」

「但我們在思考的時候，他們又不在這裡。」

「他們也許不在這裡，但他們在自己的土地上也在思考怎樣做比較好。你想想看，弗拉狄米爾，要是沒有他們的話，你會引起全家騷動嗎？你會願意絞盡腦汁、激動地要我想辦法嗎？如果沒有他們，或許你根本不會去想這個問題。這三百個家庭也許才是這項計畫的主要推手。」

「也是，我同意，是我們大家一起的創造。謝謝妳讓我們『一起』創造，阿納絲塔夏。」我接著說：「也謝謝妳給我的永恆，我去過妳藏空酒瓶的地方了。」

阿納絲塔夏微微低頭回答：

「還有樹枝。」

「還有樹枝。」我認同並笑了出來。

阿納絲塔夏開心地發出宏亮的笑聲，小納絲芊卡更在模型附近跳來跳去，一邊手舞足蹈，一邊笑著。只有瓦洛佳無視我們，依舊若有所思地專心看著模型。

我忽然為兒子感到極為難過。他雖然想出了不起的澡堂，但還是覺得自己沒有完成阿納絲塔夏交代的任務。

他可能也對我覺得難為情，畢竟他不聽我的話，堅持沒有阿納絲塔夏也能想出辦法。他真的盡力了，但是……我想給他支持、為他打氣，但該怎麼做？我不知道。

瓦洛佳專心地看著模型，似乎在想其他的辦法。他不知道我們已經把最大的問題解決了。

晚上睡覺前，我問阿納絲塔夏：

「瓦洛佳和納絲芊卡都睡在哪裡？」

「在不同的地方睡。」阿納絲塔夏回答，「納絲芊卡有時會跟我睡。為什麼這麼問，弗拉狄米爾？」

「噢，沒事，只是想跟瓦洛佳聊一聊。」

「那就呼喚他吧。」

「怎麼呼喚？用叫的嗎？」

「直接呼喚他，他聽得見。」

我呼喚完後，一會兒就看到兒子朝我的方向走來，依舊看起來非常專注的樣子。他靠近我時，我問他：

「瓦洛佳，你什麼時候想到黏土丘是澡堂的？為什麼沒有早點告訴我？」

「媽媽開始批評我們的計畫和黏土丘時，我才決定要說的。我把它稱為澡堂是因為爸爸你跟我說過：『我們得先蓋廁所和澡堂。』這座小丘大到不像廁所，所以我決定把它稱為澡堂。」

「但你有說到澡堂的結構和好處，你臨時想的嗎？還是說你和媽媽一樣可以運用宇宙的資訊？」

「爸爸，我沒辦法像媽媽那樣，但或許這也有好處。如果我得不到資訊，就會努力在短時間內想出來，有時還真能奏效。」

「非常有效！你是貨真價實的發明家！我的腦袋就想不出你的發明。我還因此決定回家後要做一個工作模型：買陶罐在底下打洞，用個什麼東西封住開口，只留一個小洞插上管子。陶罐裡點蠟燭燒一兩個小時，不用點火燒柴，看看這種加溫的效果如何。只不過陶罐很薄，沒辦法做出很準的模擬。」

「爸爸，在陶罐表面抹上黏土，會讓模擬更準。」

「太好了，我會抹上黏土的。瓦洛佳，抱歉，我之前在氣頭上，說你什麼也想不出來，請不要生我的氣。」

「我從來沒有生你的氣，爸爸。」他冷靜地回答。

「也不要生媽媽的氣，你一定知道她假裝是我們想到要在土地周圍做土丘的，實際上是她和納絲芊卡在給我們提示。」

「是的，爸爸，我都明白。」

「但是誰想的並不重要，重要的是土壤的問題解決了。阿納絲塔夏做得很好，對吧，瓦洛佳？」

「媽媽挑戰我們與她對決，爸爸。」

「對決？挑戰我們？你們兩個面對面站著時，我真的有這種感覺。這是遊戲嗎，瓦洛佳？是為了發展心智嗎？」

「可以說是遊戲，但更精確來說是對決。」

「這種對決不公平，阿納絲塔夏擁有和宇宙一樣大的資訊量，我們又沒有這種能耐，這要怎麼對決？」

瓦洛佳聽到我的論點，冷靜且自信地回答：

「我接受了挑戰，爸爸。」

「呃，你沒有必要接受。你一定會輸，百分之百會輸的！輸了你會垂頭喪氣，就像今天這樣。我看到你在阿納絲塔夏講到土丘、中央的房子和後院時一臉沮喪地低頭坐著。要是你輸的話，一定會更沮喪的。」

「我不能輸，爸爸。如果我輸的話，媽媽會難過的。」

「媽媽應該要暗中讓你，她之後才不會難過。」

「媽媽不能讓我。」

「唉，瓦洛佳啊瓦洛佳，你有時真的有點魯莽。好吧，事情過了就算了，去睡覺吧，瓦洛佳。我也去睡了，我要想想該把房子蓋在哪裡比較好，或許會有別的辦法。」

「好，爸爸，你需要好好睡一睡。希望你睡得安穩，爸爸。」

我和兒子分開後，沒辦法馬上躺下入睡，於是對阿納絲塔夏說：

「別等我了，妳先一個人睡吧，阿納絲塔夏。我需要想一些事情。」

我在西伯利亞白夜的光線下徘徊在洞穴入口，思考如何幫助瓦洛佳。我時不時看著睡著的阿納絲塔夏，看她蜷曲側躺的身子。她將手心放在頭下，睡覺時臉上依舊掛著微笑。

這個溫柔的美女笑得像小孩似的，但她前一天才毫不留情地批評我們的計畫！她還說模型裡的房子位置不對，指出一半的土地都在後院。她說的當然沒錯，我必須回想景觀設計雜誌中的房子都蓋在哪裡。瓦洛佳肯定沒辦法解決建築物位置的問題，因為他無從得知相關的資訊。我要好好思考一番，不然他會對自己的能力完全失去信心。我很想幫兒子忙，甚至覺得除非我想到有用的辦法，否則我會睡不著。我在郊外的土地看過各種小屋，所以我有責任找到正確的辦法。但我怎麼也想不到，因為在我看過的大部分房子中，窗戶都是對著車道的。

午夜過了許久，我依然在洞穴外徘徊，尋找房屋和農舍的合適位置。

忽然間我靈光一閃！如迸出火花般想到了，而且我很喜歡。我明天就要告訴她！我要告訴她！

我開始想像自己明天會怎麼回應阿納絲塔夏對後院的疑問，我要開門見山地說：「阿納絲塔夏，妳昨天說到房子的位置，說到什麼後院的。」她會回答：「對，我說過，我說你們有一半的土地都在後院。」

「不對，阿納絲塔夏，不完全是這樣的。妳沒有看到模型裡有個小凹槽，那是環繞整棟房子的陽台。熱的時候我和朋友坐在陰影的那一側，也就是背對門口那一側的牆。我們坐在那裡欣賞花園和花圃，這樣就不會有所謂的後院，因為露天陽台是環繞房子四周的。」

「對，是真的，我沒注意到。」阿納絲塔夏會說。

我覺得自己想到了一個好點子，於是靜靜躺在散發香味的床上，不想吵醒身旁熟睡的美女。

我晚上夢到一個有關澡堂的怪夢，夢中我走進澡堂、關上門後，澡堂竟然離開地面飛向天空，而且速度越來越快。

26 火鳥

我睡到十一點左右，會睡這麼久大概是連續兩天不停動腦的緣故。我一起床又去找兒子聊澡堂的事，我要告訴他那不是普通的澡堂，而是功能多元的設施，可以當作室外火爐，適合和朋友或家人坐在旁邊；還能在裡面晾乾衣服、製做乾香菇等等，或烤麵包和準備美味的料理；當然還能在裡面用特別的熱氣溫暖身體、達到療效。我邊想邊走到湖畔的家園模型，走出灌木叢時卻看到這番景象：

一匹疲憊的母狼躺在家園模型旁，腳上沾了黏土。兩公尺外還有一頭母熊在一個小洞裡原地踏步、攪和黏土。瓦洛佳跪在地上用雙手手掌抹平他在池塘旁用黏土做成的……做成的……不對！眼前的東西不能叫做澡堂，我吃驚得甚至忘了自己害怕母熊和母狼，逕自地走了過去。

瓦洛佳做的東西主體很像某種奇特鳥類的頭和身體，底部有個小開孔——通往內部的入口。這個看似奇特鳥類的主體往兩旁伸出翅膀，將整個空間擁入懷中。一邊的翅膀底下坐著一男一女，看起來像我和阿納絲塔夏，中間還有一個小女孩在玩耍。那天多雲，太陽時而露臉，時而躲在雲後，在光影的變化下令人覺得這是一隻有生命的鳥兒，只要人一進去就能展翅高飛。

「這真是個幻覺，我從早上就一直在想你們的澡堂，」我聽見阿納絲塔夏的聲音，她正牽著小納絲芊卡走向湖畔。「我覺得這有很不一樣的地方，我想弄明白。我甚至……」

阿納絲塔夏尚未說完，便看到兒子做的東西。她和納絲芊卡一起走近，並坐在模型旁，抱著小女兒好一會兒不說話，看著眼前美得不可思議的雕塑。她接著開口，聽起來像是自言自語：

「土、火、水、乙太、輻射、人，全都在這一隻鳥裡。這是一隻不凡的鳥，這是看似一隻老鷹的鳥在教兒子飛翔。」

「這個設施的用途很多。」我向阿納絲塔夏說明，她的興奮反應讓我很欣慰。「不只能和朋友在裡面溫暖身體，還能烤麵包、做菜、製作乾香菇等等。」

「對，但最好不要和朋友一起，只和親人一起，更要常常自己一個人。」

「為什麼？」

「弗拉狄米爾，這個設施可能比石墓更有效果，你可以在裡面冥想。」

我們倆在講話時，納絲芊卡走到模型旁，用手指專心地摳了起來。

「妳看，阿納絲塔夏，我們的女兒納絲芊卡是不是想破壞模型？」

「我覺得她想讓我們知道圓頂必須挖四個小的圓形開口，裝上窗戶分別朝四個方向。這樣白天就會有光照進來，晚上則可從裡面看到星星。」

「我也打算在中心做個圓窗。」瓦洛佳補充。

納絲芊卡似乎知道大家懂她的意思，於是不再用手指在黏土上戳洞。她緩緩地走向樹林，看起來在想什麼的樣子。

「阿納絲塔！」我對她輕喊，自己也不知道為什麼。

納絲芊卡轉身盯著我看，微風拂過她的頭髮，額頭露出類似小星星的胎記。小女孩露出微笑繼續往前走，只有她自己知道要去哪裡。

阿納絲塔夏依舊靜靜地看著瓦洛佳的設計，想弄清楚什麼。我從未看過她如此認真。最後她終於開口，聽起來在推理的樣子：

「五個明亮的圓圈隨著日月的運行移動，在橢圓形或圓形澡堂內的牆壁和地板之間移動。這非常重要，這些圓圈會把光帶給人。」

「告訴我，阿納絲塔夏，人在這個設施裡可以像一般澡堂那樣恢復健康嗎？」

「這比任何澡堂，甚至比所有澡堂加起來還要有效。黏土加熱後會釋放對人非常有益的輻射，血液會在血管中更快速地流動，內臟會變溫暖，且受到淨化。」

「不過具體來說，哪些疾病可以在這個設施裡治好？」

「人的體質可以改善，更容易對抗任何疾病，但也可以把能量集中在特定的器官上。」

「那以腎臟為例好了，這要怎麼治療？怎麼集中能量？」

「把乾淨的沙子倒進木桶後滾到橢圓形澡堂的中心。沙子加熱後進去木桶，只有頭露在外面。在這之前要先吃點西瓜。沙子可以有效吸收毛孔排出來的汗。」

「但人在一般的澡堂也會流汗呀，何必要埋進沙子？」

「弗拉狄米爾，在一般的澡堂，比方說背部、胸部或肩膀好了，上半身毛孔排出來的汗會往哪裡流？」

「還能往哪裡？往下流呀。」

「這就對了，汗往下流過其他毛孔，因此阻礙這些毛孔排汗。相反地，加熱的乾沙可以有效吸收濕氣，汗水會直接流進沙子，不會流遍全身。做沙浴時，最好喝點有療效的藥草茶。」

「那要怎麼治療肝臟？」

「言下之意，你的肝也不好嗎，弗拉狄米爾？」

「大家的肝都不好。」

「凌晨三點進去這個設施可以有效治療肝臟。」

「為什麼是三點？」

「那時所有器官都會幫忙清理肝臟堆積的髒東西。除此之外，用手掌貼著肝臟的位置，帶著謝意地想它，心裡對它說『謝謝』，它就會受到激勵，開始自我復原。」

「怎麼可能，自我復原？它是什麼，活的嗎？」

「當然是活的，你身體的所有器官都是活的。」

「不過在這個設施裡要怎麼好好冥想？畢竟妳說它的功效可能比石墓還強。」

「進入石墓的人會進入永恆的冥想，試著把訊息傳給後代子孫。石墓可以幫助他們做到這點，但這個特殊的設施更有效，不僅有助於傳達訊息，在特定的條件下還能接收來自宇宙的訊息，將訊息傳給裡面的人，同時把深層無用的訊息隱藏起來。」

阿納絲塔夏忽然不說話，看著兒子問他：

「你還想在家園的計畫裡添加其他東西嗎，瓦洛佳？」

「想，媽媽，不過我想先一個人思考一下。」

「好，我們不打擾你了。」

她牽起納絲芊卡的手準備離開，但瓦洛佳說：

「讓納絲芊卡留下來吧。」

納絲芊卡聽到哥哥的請求後，立刻抽離阿納絲塔夏的手走向模型，只有我和阿納絲塔夏離開。

27 不要驟下定論

隔天早上，我和阿納絲塔夏決定去她爺爺的林間空地。我很久以前就一直要她帶我去爺爺的林間空地，我也想跟他聊一聊。根據阿納絲塔夏的說法，走去那裡至少要三小時，花一整天也是有可能的，但我們最後花了兩天。

在泰加林前往爺爺林間空地的路上，我和阿納絲塔夏依舊在聊家園。

「我跟妳說，阿納絲塔夏，很多建造祖傳家園的人覺得在家園不該用電或任何科技，有些人則覺得要用。」

「你怎麼看，弗拉狄米爾？」

「我覺得建設初期難免需要科技，甚至是專業的建築工人。」

「你說的或許對，弗拉狄米爾，可以讓人類累積數百年的科技發揮正面的作用，使對立的兩端結合。但我覺得要好好思考怎樣安排生活，未來才能漸漸捨棄這些科技。」

有好一段時間，我一直默默走在阿納絲塔夏後面。我跨過倒下的老樹幹，在看不到路的路徑上繞過灌木叢，同時在想事情。或許正是因為如此我才落後，甚至看不到她。但多走幾步後，我又聽到阿納絲塔夏的聲音。

「你肯定累了吧，弗拉狄米爾？可以休息一下，坐下來吧。」

「好。」我同意。「這條路不好走，我們才走一個小時，但感覺好像走了十公里。」

我們坐在樹幹上，阿納絲塔夏拿出她在路上摘的幾顆醋栗。我靜靜吃著美味的西伯利亞泰加林漿果，繼續想著一件令人不快的事。後來我決定告訴阿納絲塔夏。

「老實說，阿納絲塔夏，我這幾年來一直在想一件不開心的事。我在其中一本書中講到基督教在羅斯的起源，引用了史實和博物館的資料，寫出來的是負面的訊息。我描述的起源讀起來像是俄羅斯遭到侵略。我以為我用了正確的事實和結論，這卻讓我開心不起來，這幾年飽受懷疑折磨。」

「為什麼不開心，弗拉狄米爾？有教會的代表說你壞話嗎？」

「不是，這我習慣了，是我一直搞不明白的事。」

「是什麼，弗拉狄米爾？」

「我以負面的角度描述羅斯受洗，結果發現這不是針對特定的人，而是批評到所有人。我後來瞭解到無論如何都不能這樣。」

「你怎麼得出這個結論的，弗拉狄米爾？」

「我童年在庫茲尼奇村和爺爺奶奶住在一起，那是我人生中最美好的歲月。我清楚記得那裡的生活點滴，還記得在小小的烏克蘭茅草屋裡，角落的桌上擺了幾張東正教聖像畫。奶奶會用花布裝飾、點起小燈。

「我也記得媽媽就算雙腳不舒服也會上教會。我時常想起我的屬靈父親——謝爾蓋聖三一修道院的院長斐奧多力神父，我還留著他給我的聖經。

「這樣看來，我對基督教說不好的話時，同時也把我的爺爺奶奶、媽媽和屬靈父親斐奧多力說成是不好的，或許還有很多值得尊敬的好人。我一發現這件事，就在第一時間上電視，在第一頻道向教會道歉，這卻沒有讓我好過一些。妳覺得我還能做什麼，才不會對那些我親近的人，或許還有我自己感到愧疚？」

「我覺得你要好好想一想，喚出正面的意象蓋過負面的意象。」

「說的當然比做的容易，我試好幾年了，但一直不太成功。告訴我，妳對宗教有什麼看法？妳有特定偏好什麼宗教，或否認、排斥什麼不好的宗教嗎？」

「弗拉狄米爾，我不明白你說的『否認』是什麼意思，但我要試著讓你看看你的家族鏈。拿著這根樹枝，把它當作一把刀，斬斷你要否認的部分。」

空中出現很長一排人手牽著手的畫面，前幾個人脖子上掛著十字架和小聖像畫。

「你看，弗拉狄米爾，這些是你東正教的親人；那些包頭巾的是穆斯林，也在你的族譜中；還有一群現代稱為自然信仰者的人，接下來牽手的是你吠陀羅斯時期的先人，後面輪廓不太清楚的是第一個人種的人，也是第一個地球文明的人。你看不太清楚他們，這是因為有關他們的資訊沒有顯現出來，但他們也是你的親人。

「這個家族鏈的第一個人是神創造出來的，他現在依然握著神的手，他所有後代的內在都保留了神的一小部分。總有一天，你的家族會有人知道所有事情、感覺到所有人。他會牽起手與神產生連結，而這個人可能是你，也可能是你的曾孫女。最後會形成一個圓，這個圓從阿爾法到奧米伽，再回到阿爾法。

「你現在想想看，告訴我你想把哪一群人移出你的家族鏈？」

「我要好好想想……等等，阿納絲塔夏，如果我移出某一群人，家族鏈就會斷掉吧。」

「當然會斷。」

「如果斷掉，切斷它的人會永遠無法理解神，不能牽手和祂產生連結，所以也無法形成一個圓。」

「我也這麼認為。」

「這是什麼意思？難道人要接受所有宗教嗎？」

「要接受什麼宗教是每個人自己的選擇，但我認為我們不該否認人類一路走來的任何歷程，也許過去發生的一切對於今天人類的意識是必須的。要接受你覺得好的事物，你認為是負面的事物只要知道就好，以免重蹈覆轍，但不需要否認。」

「但如果不知道呢？那還會重蹈覆轍嗎？」

「會的，到時會有貌似帶來新氣象的先知出現，忘記過去的人很興奮地迎接他，殊不知這樣做他們不會創造什麼新的。」

「但說實在的，要對創世以來的所有人類歷史瞭若指掌根本不可能，況且近代的歷史都被為了權力的歷史學家扭曲了。」

「在你裡面，弗拉狄米爾，還有每個生活在地球上的每個人裡面，都有一個粒子保留了自己家族的所有資訊——從創世到現在的資訊。」

「這我知道，這些資訊保留在每個人的基因裡，但我們要怎麼學會加以利用？這才是問題。」

「不要否認或排斥自己的任何部分。」

「沒有人會想排斥自己的任何部分。」

「當你否認外界給你有關過去的資訊時，你就是在排斥自己裡面的一部分。」

「但如果這種資訊是假的呢？」

「你的裡面也有假資訊的部分，這種資訊被保留下來是為了讓你能夠認出謊言。」

「阿納絲塔夏，但說實在的，是妳告訴我，還讓我看到黑衣僧侶如何殺害不願背叛信仰和生活方式的吠陀羅斯家庭。我把這則故事寫進書裡，很多人都說吠陀羅斯的意象非常強烈，我也時常想起這個意象，特別是那位受傷的吠陀羅斯藝術家躺在松樹下的景象。他將心愛女人的木雕按在胸前。他愛著這個女人一輩子，不過她嫁給了另一個人。他一直愛著對方，隱藏自己的感情，但每次刻木雕時，成品都會像對方。

「年邁的他對抗了一整支軍隊，引開他們，不讓他們靠近自己心愛女人的家人。他還受傷了。我在書裡寫下妳說的話：『這位吠陀羅斯人躺在草地上沒有哀嚎，鮮血從他的胸口淌出。松樹無法哭泣……』妳還記得嗎？」

「記得，弗拉狄米爾，我記得這個令人動容的場景。」

「知道黑衣僧侶的這個景象後，妳要我和其他人如何不排斥呢？」

「告訴我，弗拉狄米爾，你覺得自己是誰：那個受傷的吠陀羅斯人還是黑衣僧侶？」

「我？我是誰？這是妳讓我看這個景象的原因嗎……要讓我判斷……但這和我有什麼關係？」

「你的先人也在過去的那個場景裡，他們是誰？你覺得呢，弗拉狄米爾？」

「不知道，但我希望他們是吠陀羅斯人。他們肯定是吠陀羅斯人！因為黑衣僧侶是從國外來羅斯的。告訴我，阿納絲塔夏，我的理解正確嗎？告訴我！」

「弗拉狄米爾，不要激動，冷靜地接收這些資訊。你的先人的確是吠陀羅斯人，但那些大吼大叫的黑衣僧侶也是你的先人。

「萬物源於一，意味著所有人都是兄弟。因為忘記這點，民族之間開始相互殘殺，在『敵人』中摧毀自己。或許這是有原因的。隨著新的千禧年開始，新的世代已經到來，地球上出現新的意識世代——地球上美好轉變的世代。」

「到來？已經來了？……老實說，我也感覺到世界有了新的氣象，我看到有人在荒地上建造祖傳家園、形成聚落時特別有這種感覺。他們是新世代的先驅嗎？」

「他們的意識和感覺代表世界的新氣象。」

「可是電視新聞還是一樣，一打開電視就會看到哪國領袖見了面、油價多少。幾年來老是在講經濟危機，卻沒有實質的討論。」

「電視上看到的，弗拉狄米爾，是過去生活的新聞。宇宙經歷了數個時空，你要毫無遺漏地記得過去的事，讓先人祈禱的力量伴隨著你。」

「什麼意思？『祈禱的力量』是什麼意思？看起來像什麼？」

「世世代代以來，你的先人每天看著東正教聖像畫，對著它祈禱，描述自己的心聲、希望和請求。聖像畫傾聽了他們、試著幫忙，每天也變得越來越有力量。聖像畫會幫你，而且也已經幫你了。除此之外，你要尊敬穆斯林大穆夫提給你的念珠和可蘭經，還有斐奧多力神父給你的聖經。帶著敬意記得你在基督救世主大教堂人群面前的那一天，還有在奇美無比的拉拉鬱金香大清真寺那一天，你與東正教神父和拉比一起坐在桌子旁面對滿滿的人潮。你談到家園的理念，生態學者還發言支持你。你還記得那一天嗎？」
「我記得，那是大穆夫提安排的活動，不同信仰的人聚在清真寺裡，大家都很感謝他。但我也記得別的事情，我記得媒體那些毀謗的報導，我記得有人串通好在電視第一頻道上取笑我。」
「或許這些對你的詆毀是必要的呢？」
「必要的？為什麼？妳在說什麼啊，阿納絲塔夏？」
「你進了皇宮和教堂，算英雄嗎？算！只是你受不了喇叭和號角嘹亮的吹奏聲。該怎麼把你從自負中拯救出來呢？靠你自己嗎？」
「我才沒有自大和自負，我只是累了。」
「所以只是因為累了嗎，弗拉狄米爾，那次你在白俄羅斯首都擠滿讀者的大廳裡，公開地說想將主教逐出教堂，這也是因為累了嗎？」
「我當時不是認真的，而且有人事先告訴我那個主教……」
「讀者還為你鼓掌，集體思想充飽了能量飛上天際。」
「那個主教現在如何？」

「我們現在不是在談他，是在談你，弗拉狄米爾。你想知道自己對宗教的態度，想要感覺、分析自己的看法。」

「對。」

「這只能靠你自己，但我會把未來的事告訴你，這些資訊或許對你有幫助。

「不久後會有一百五十多位國家領袖聚集起來，與科學家攜手解決一個問題：如何減少人類活動產生的有害氣體排入大氣，以免造成地球浩劫。但這一百五十位國家領袖做不出可以拯救我們的決定，他們會各走各的路。人類製造的有害氣體繼續殘害地球[3]。這你怎麼看，弗拉狄米爾？」

「我還能說什麼？各國領袖為了改善生態聚首好幾次了，但都徒勞無功。大多數的人已經不關心這些會議了。」

「為什麼？」

---

3 作者註：二〇〇九年十二月七日至十八日，多國領袖在哥本哈根召開氣候高峰會，討論限制和減少溫室氣體排放量的議題。共有一百九十二國派員參加。

「因為沒有國家能夠提出可行的方案，如果議程中沒有可行的方案，那還開什麼會？只會被人取笑罷了。」

「你覺得有什麼可行的方案嗎？」

「大多數的地球人應該改變生活重心，渴望讓居住環境更完美，而不是在有害的工廠工作、賺錢餬口。沒有統治者有能力阻止這些有害的工廠，因為一旦這麼做，失業率就會增加、出現暴動，使自己的權力受到威脅。」

「這表示國家領袖沒有能力阻止全球浩劫，但或許其他領袖，像是宗教領袖可以做到。所有宗教德高望重的人士將聚在一起，對彼此承諾他們會號召信眾讓地球的居住環境更完美。」

「對！正是如此！他們可以更有效地處理這個問題，同時影響人民和政府。」

「所以說宗教有其重要性和必要性，你覺得呢，弗拉狄米爾？」

「看來真的有其重要性和必要性。如果他們能夠齊心協力，一起讓精神和物質的居住環境更完美，那就太棒了。但我們需要細節，阿納絲塔夏，妳的計畫一向都很具體，這點無人能及。妳有能力讓世人的靈魂和心靈接受妳的計畫，但有一個情況會讓妳的計畫可行度受到質疑。」

「什麼情況？」

「妳展現了家庭在祖傳家園的生活方式，這確實比現代人在城市或鄉下的生活方式好很多。現在這種家庭的數量逐年穩定成長，況且他們沒有受到政府的支援。總有一天，大多數的地球人口會想擁有自己的祖傳家園並在裡面生活，到時不會有足夠的土地給每個有意願的家庭。現在就有人在說生存空間和自然資源不足，所以地球人口必須減少一部分了。還有謠傳指出，地球應該只留下所謂的『黃金十億人』，再加上二三十億人為他們效命。現在地球有六十億人，有些地方已經面臨節育的問題，例如中國——九百六十萬平方公里的土地上住著十三億人。

「如果人類的生活真的依照妳的計畫改變，壽命肯定會變長，這是顯而易見而不爭的事實。生活在祖傳家園的人在沒有不良嗜好的情況下，我是說喝酒、抽菸等等，有優良的飲食、乾淨的空氣、具療效的水，壽命平均都會增加一倍。

「住在祖傳家園的家庭自然會想生小孩，這種家庭想生小孩的渴望肯定遠高於住在現代城市的家庭。照這樣看來，不久後新的家庭就會缺少可以建造祖傳家園的一公頃土地。

「我知道這一定有辦法解決，神當初在思索美好的事物時，不可能設下這種死胡同，迫使人類為了生活空間廝殺。妳的爺爺說過，用現代的方法探索宇宙既荒謬又沒用，有另一種方法叫作『心理瞬間移動』。但無論再怎麼研究這種方法，都無法全盤瞭解。基本上沒有人會相信這種方法的，科學家也從未提過。」

「我知道確實可以利用心理瞬間移動的方式探索宇宙空間和其他銀河的星球，但我的家族沒人知道這種方法的細節和機制。我希望正在建造祖傳家園的人、他們的孩子或孫子會尋找並瞭解這種方法可以帶來什麼幫助，我相信他們一定做得到的。

「不過我也明白你的焦慮，弗拉狄米爾，如果現代人對這種機制毫無知悉，對家族的未來就會抱持不確定感而持續焦慮，所以我們現在至少要略知一二才行。

「我一直在思考這個方法、尋找答案，但我只找到越來越多合理的證據證明它存在。或許我們必須借助邏輯的推理，邀請生物學和程式專家一起思考，我們必須一起尋找答案。

「弗拉狄米爾，我們到了……這個家……就是爺爺的空間。」阿納絲塔夏說。

28 家鄉黨

阿納絲塔夏祖父的行為總是異於常人，甚至在講很嚴肅的事情時，都會幽默帶過或是捉弄你。這次他依然故我。抵達他的林間空地時，我們看到爺爺盤腿坐在雪松樹下，專心看著面前插在土裡的手杖。顯然他很早就感覺到我們要來找他，他不可能感覺不到的。但他不看我們一眼，甚至我們到他身旁時，他也不轉頭看我們，不和我們打招呼。靜靜站了三四分鐘後，我對阿納絲塔夏耳語：

「跟他說說話吧，不然我們要一直這樣站著。」

「好，弗拉狄米爾，但我要試著明白他為什麼要這樣。」阿納絲塔夏同樣小聲地回答我。

後來她還是向爺爺開口：

「我們來很久了，爺爺。」

接下來的事情可就怪了，阿納絲塔夏的爺爺忽然對著手杖說話：

「由於發生突發狀況，我宣布休息十五分鐘。」

他接著起身，把我們帶到一旁，非常嚴肅地解釋：

「我正在主持家鄉黨的黨員會議，還有四十五分鐘才結束，你們得繼續等。」

「什麼？黨員會議？我沒看到人啊，何況家鄉黨又還沒成立。」我吃驚地問。

「是你們還沒成立，」爺爺回答，「但我自己成立了。」

「什麼？您成立了？黨員有誰？」

「我一個人，我正在準備召開大會。」

「如果這個黨只有您一個人，要開什麼大會？」

「現在只有一個人，但也許以後就會有人陸續成立家鄉黨，到時就能開會了。」

「這怎麼可能？」

「你自己說過我們必須想新的辦法，而我想到讓每個人都帶領自己的家鄉黨，這樣就不會有人濫用權力和職位壓迫其他黨員。在大會上每個人都是平等的。」

「那您這裡的會議在討論什麼？」

「讓居住環境變更完美的政府成果報告。」

「您請了誰來報告？」

「很多人，休息後是交通部長報告。」

「但他又不在這裡！」

「對你來說不在，但對我來說他在。」

「那他知道您要聽他報告嗎？」我好奇地問。

「他不知道，而且說實在的，我何必打斷他的工作呢？」

「話說回來，您的大會在什麼時候？在哪裡？」

「這要給創黨人決定。」

「什麼創黨人？」

「家鄉黨的其他領袖。」

雖然爺爺像逗著玩似的，但我認為成立人人平等的家鄉黨確實值得深思。一般的創黨方式是行不通的，最後只會出現類似蘇聯共產黨的結果。不過我看出一些道理了：每個人都能依從自己的靈魂與心靈自由行動，無須遵守別人的指令或黨章，讓其他黨員做出最好的行動、行為和成就。我認為這樣可以形成一個有活力、可以自行發展的群體，每個人都能確實表達自己的想法。與爺爺道別時，我模仿他的語調盡可能嚴肅地說：

「我也在此宣布成立我自己的家鄉黨。」

說這麼多做什麼呢？該是每個人行動的時候了。

阿納絲塔夏爺爺接下來的事值得用一整本書描述，我打算之後再寫。

29 探索尚未開發的星球

與阿納絲塔夏拜訪完爺爺回去的路上，我們又聊起是否有自然的方式能讓地球人探索其他星球和宇宙。我提醒阿納絲塔夏：

「阿納絲塔夏，妳提到妳一直在想怎麼以自然的方式探索其他星球，而且找到很多有邏輯的證據確認這個方法存在。妳可以跟我描述妳的邏輯推理嗎？」

「我們可以先一起分析看看，之後你再自己繼續下去。」

「好，阿納絲塔夏，不過妳先吧。」

「首先必須確立一個事實：舉凡技術治理世界創造出來的東西在過去和現在也存在於自然界中，只不過是以完美許多的形式存在。這點你同意嗎，弗拉狄米爾？你知道這個認知有多重要嗎？」

「當然同意，這不只我知道，很多人也認同。人以前的心算能力更強更快，每個人腦中彷彿都有一台計算機。不僅如此，我還可以舉出很多例子。

「我最喜歡的例子是生小孩，這最顯而易見，因為現在世上同時存在兩種方式，一是技術治理的方式，一是自然的方式。

「技術治理的方式是指科學家在專門的機構取得男人的精子和女人的卵子，將兩者放入試管結合，接著以特殊儀器保存起來，維持一定的溫度和濕度，基本上需要大費周章、用掉很多資源。自然的方式就簡單有效多了，男女同床……享受一番，然後很快就有小孩誕生了。」

「這個例子很好，弗拉狄米爾，不過請你記得一個非常重要的細節。用技術治理的方式造出來的人，本質上仍然是自然組成的。」

「當然，本質上還是，沒有精子和卵子什麼都造不出來。」

「還有自然的方式完全不需要技術治理世界的東西。」

「的確不需要，除了床以外，不過沒有床也可以。阿納絲塔夏，我基本上完全同意，也知道自然遠比技術治理完美。當技術治理世界的人想出所謂的發明和發現，其實是把現有的完美自然機制換成粗糙的技術治理機制，這點完全違反理智。」

「儘管如此，忘掉自己天生能力的人類文明，依舊一再地用粗糙的技術治理方法取代自然。

「我們現在已經無法想像如何以自然的方式前往其他星球。同樣地，另一個文明的人曾經也無法想像以非技術治理的方式生小孩。

「現在很多女性無法想像在不靠別人幫忙的情況下生小孩，她們不能沒有產房或技術治理的儀器。如果照這樣下去，會有越來越多小孩要靠代理孕母生出來了。

「以後會出現類似農場的地方，把人工授精的女性集中在這裡，終其一生都在生小孩、把小孩送走。她們有得吃、有得住，但每一個人淪為胚胎的孵化器。這在歷史上的某個文明確實發生過。

「這個文明也開發了複製人技術，身處這個文明的人不知道可以透過自然的方式生育。女性缺少這種想法和觀念，無論她們怎麼與男性發生親密關係，就是沒有機會生小孩。如果有女人以自然的方式懷孕，還會被視為病態，胚胎立刻被摧毀，或被移出子宮以人工方式孕育。

「弗拉狄米爾，你認同所有技術治理成就的前提都是人忘記自己的自然能力嗎？」

「認同。」

「那你告訴我，人能以技術治理的方式將影像從地球的一點傳到另一點，或是外太空的一點嗎，像是自己祖傳家園的照片？」

「當然可以，可以用電腦和網路，只要選好電子位址、將照片掃描到電腦，上網將照片傳到指定的位址，照片就會出現在另一台電腦上，這時再用印表機列印出來就行了。如果知道太空船的電子位址，當然也可以傳到外太空。也可以傳到月球，或從月球傳到地球，這已經有人做過了。」

「好，弗拉狄米爾，非常好。不過你忘了一個非常重要的細節，最重要的一個。」

「哪一個？」

「人在用電腦進行所有這些操作之前，他的腦中已經出現傳送影像的想法了。」

「同意，我剛沒提到想法，因為這不用說也知道。」

「不過現在請你告訴我，除了影像以外，現代的技術治理方式可以將物體傳到你剛說的所有地方嗎？」

「物體？我不覺得物體可以。」我想了一下後又說：「阿納絲塔夏，我知道了，現在可以用電腦程式操控車床，把木頭刻出各種形狀，例如小雕像；你把這個刻小雕像的電腦程式寄到其他大陸或月球上的電子位址，另外一邊的電腦如果連接同樣的車床，就能刻出一模一樣的小雕像；一個是用我的電腦刻的，一個則是用另一台電腦刻的。如此一來，我手中的小雕像在其他大陸或月球上就有複製品。」

「這樣說來，現代的技術治理方式甚至可以將物體傳到其他星球，或在其他星球複製、重新製作一個囉？」

「對，可以。」

「但你知道這代表什麼嗎，弗拉狄米爾？」

「什麼？」

「這代表也有自然的方式可以將物體傳到其他星球，而這個方式完美數千倍，不只更簡單，而且人人都能做到。自然的方式不需要借助任何技術，最重要的是人類的思想。」

「是，我同意。以生小孩為例，最重要的是思想，但想生小孩的男人需要女人，想有小孩的女人也需要男人，男女必須一起將想法實現出來。」

「男女一起……

「弗拉狄米爾，男女創造及生育小孩的能力是最高的成就，這也表示人類更有可能透過自然的方式在其他星球創造生命。實現這點的必要條件現在仍是未知數。」

「對，阿納絲塔夏，這會是個重大無比的發現。如果妳或其他人找到或發現必備的自然條件，絕對會很轟動。」

「我們需要思考，如果可以接觸到地球第一個人類文明擁有的知識，或許可以知道更多、感覺到更多。」

30 第一個文明的人類

「根據我的推理、推測和生命的邏輯，他們的能力比神本身還大。」

「這個神祕的『他們』到底是誰？」

「他們是神子，是第一個地球文明的人類。」

「第一個文明？這表示後來還有其他文明囉？後來的文明和第一個文明有何不同？」

「發展的方向不同。弗拉狄米爾，人類並非總是走向技術治理的道路、進入反智的時空邁向浩劫。最初第一個文明的發展方向不同，我們姑且將此稱為自然的發展。他們懂得善用原本由神創造的一切。這個文明的人會研究神聖的創造，利用這些創造讓居住環境更完美。神聖的創造本身就很完美，但每一代都要更有智慧，這才是神的安排。

「一定是這樣，否則神就不能被稱為神。祂的創造如果沒有能力變得更完美，就會成為創造的終點。人是偉大創造的開端。

「我們現在難以想像第一個文明在神聖的發展下有哪些成就、成就有多高，也不曉得他們在世時的地球長什麼樣子。

「照理說，第一個地球文明的人類在外表上也會與現代人不同。他們擁有理想的體格，身體健康，而且蘊含比現代人多無數倍的能量。他們對於神聖自然世界的初始知識來自於神，他們憑藉這些知識讓世界更完美。

「技術治理世界現在有的所有科技成就，在他們那個時代也有，只是以更完美的自然形態存在。」

「有什麼可以證明這個文明和他們的成就存在？」

「如果你看到一個大人，弗拉狄米爾，難道你需要證據才能確定那個人先是嬰兒，然後再來是個小孩嗎？」

「不需要，人本身就能證明他曾經是小孩了。」

「這就對了，現在的人類文明就能證明第一個文明存在了，而且這個文明不是技術治理的。」

「好，不是就不是，但從史料和考古遺址可以看到，幾萬年前早期文明的人都是穿著獸皮、拿著棍棒狩獵，科學家還說他們不易取得食物。」

「考古學家發現的是浩劫以後的技術治理文明。

「弗拉狄米爾，你想像一下，地球上有個技術治理的文明在所謂的技術治理發展下達到很高的成就，但任何技術治理的發展都在折磨地球、破壞生態、干擾生物圈，引發大規模的科技災害。掌權者或菁英階級總能事先知道災害的來臨，準備自救。例如，曾有某個文明就在地球運行的軌道附近，建造了一個有兩艘遠洋貨輪那麼大的複合科技建築，他們在那裡躲避地球變遷導致的災難。但是人無法永遠住在這棟科技建築裡，因為它終究會損壞的。躲過地球浩劫的人在那裡住了六十年左右，也生了小孩，但最終還是沒辦法繼續在人造建築內生存。那裡的人開始死亡，於是他們決定回到地球。他們坐上特製的太空艙，分批降落在地球上。地球歷經大火後降溫，重新長出小草，動物界恢復生機。並非所有人都落在如這樣綠洲般的環境，有些人落在沙漠或滾燙的岩漿中身亡。成功落在還有些許生命的地方的人都覺得自己很慶幸。

「我讓你親眼看看。

「你看，總共有六個人走出炙熱的太空艙，開心地看著綠油油的草地、享受可以呼吸的空氣。有兩個小孩——一男一女——好奇地觀察醋栗叢和上面的昆蟲，還有一個完全沒有頭髮的老人回到太空艙，不久後拿出一個裝著食物的盒子。他把盒子放在地上，看著醋栗叢旁的小男孩和小女孩，然後走向站在附近的母親。

『妳最好帶著孩子離開這個地方，我們所剩的食物撐不到一週了。妳的丈夫已經死了，我是你們的遠親，但如果大家開始爭奪食物，我可無意保護你們。』

『至少給我們一天的食物吧。』

『自己拿吧，但盡量不要引起別人的注意，趕快離開。』

「女人走向地上的盒子，彎腰假裝弄鞋子，實際上是迅速拿起三個裝著某種東西的管子藏進太空衣，接著快步走到孩子身旁，說要給他們看更有趣的矮樹叢後，便帶他們遠離降落在地的設備。

「回到地球的人擁有技術治理世界的知識，他們懂得使用電腦和衛星電話、駕駛汽車和太空船，但他們的知識現在毫無用武之地，甚至變得有害。地球上的所有通訊設備和大部分的機器都壞了，僅存的很多設施都有危險致命的輻射。

「帶著兒女離開的母親延續了她的家族，人類數千年來又朝技術治理的方向發展。考古學家挖掘古代的城市，挖開前人的陵墓時發現粗糙的狩獵武器，就認為他們看到的是文明早期的原始人，但他們看到的其實是文明末期的人。考古學家偶爾會在洞穴找到人穿著緊身衣的壁畫，科學界因此推測人類來自外星生物，古代人類的知識來自外星人，但他們依舊不去好好思考那些人穿著緊身衣的洞穴壁畫……他們看到的是文明末期的人。」

「那第一個文明現在去哪裡了？」

「消失了，突然神祕地消失了。第一個文明消失時，當時的人從宇宙的資訊庫移除了有關他們成就的所有資訊，用什麼方法移除的至今不得而知。他們為何要這麼做，也只能用推理、猜測的。」

「那妳的推理是什麼，阿納絲塔夏？」

「我認為他們除了覺得自己主宰宇宙世界的命運，同時也認清他們的內在有反世界、反智的病毒在萌芽。他們知道自己沒有足夠的免疫力，所以用心智把自己連帶自己的成就一起炸毀，將那些被反智、反世界病毒感染更嚴重的人留在地球上，這樣他們才能走到最後，瞭解到反智的時空。這讓我們這些第一個文明的後代能徹底瞭解反智的本質，而我們將在星球浩劫的前一刻平衡自己身上的理智和反智。第一個地球文明的所有成就會以更完美的形態在我們內在開展。」

「但如果像妳說的這樣，他們的知識會開展，不就表示他們還存在於某處嗎？」

「他們在每個人的裡面。」

阿納絲塔夏突然不說話也不動作。

「怎麼了，阿納絲塔夏，為什麼妳突然不說話也不動了。」

「宇宙的空間發生了事情，我感覺到了，弗拉狄米爾，我感覺到震動了，你呢？」

「我什麼都沒感覺到，只有微風在吹。」

「對，微風在吹，但那是斷斷續續的。」

「是斷斷續續的沒錯，但這代表什麼？是發生了壞事還是好事？」

「我不知道，弗拉狄米爾，我只知道空間因此出現了騷動。」

「在哪發生的？」

「我想是在我們的湖岸。」

「什麼，妳是說整個宇宙對那裡產生了反應嗎？」

「只要出現有趣或不尋常的資訊，宇宙都會有反應。」

「我們快點過去湖岸看看，阿納絲塔夏。」

我們快步趕往湖岸。泰加林地形偶爾平坦時，我就試著用跑的。我們一路上只坐下來休息了一次，便又迅速往湖岸前進。

快到湖岸時，我突然想到兒子可能遇到了什麼麻煩，於是要阿納絲塔夏停下。

「等一下，阿納絲塔夏，先聽我說，理解我說的話。瓦洛佳覺得妳要我們與妳對決，這是真的嗎？」

「對。」阿納絲塔夏冷靜地回答。

「我現在不打算解釋為何這是不公平的對決，沒有時間，但我懇求妳、拜託妳不要批評瓦洛佳在我們不在的這兩天所做的事。

「看得出來他從早到晚都在弄模型，他盡力了。這點我心知肚明，因為我們倆一起想計畫時，我確實看到他很努力的樣子。但他沒有足夠的資訊，如果妳批評他的創造，他會很不好受的。他跟我說：『如果我輸，媽媽會難過的。』

「妳想像一下他努力不讓妳難過的樣子。」

「他也不想讓你難過，弗拉狄米爾。」

「對，我也是，但我們都是大人，我們應該知道家園的計畫已經沒什麼好補充的了。周圍的土丘是個很棒的點子，不過被妳講出來了；池塘也想好了，妳也不反對四周都是陽台的房子要蓋在哪裡。還有什麼？花圃、菜園，這都是小事，施工方法也是枝微末節。阿納絲塔夏，妳要知道已經沒有發揮創意的空間了。妳都把一切做好了，給了我們提示，不留一點給兒子，但至少稱讚他的努力吧。」

「我不能只因為他努力而稱讚他，這樣是在侮辱他。」

「侮辱？但讓孩子束手無策，這難道不是侮辱嗎？對，這不是侮辱，是嘲弄。」

「弗拉狄米爾，請你相信我，我絕對沒有嘲弄兒子。他的體內有你的一小部分和我的一部分，有你我先人累積下來的資訊和知識，他也受過祖父和曾祖父的教養。我們兒子的能力尚未顯現，但我相信他的能力很強。」

「就算很強好了，但我跟妳說的是沒有他發揮創意、施展這些能力的空間了。家園的計畫已經設計好了。」

「你覺得已經設計好了，但我從以前就有這樣的感覺：你我和建造家園的人依舊不曉得家園的一個主要目的。很多人在直覺上感覺得到，所以建造祖傳家園的想法吸引了他們。這種想法停留於感覺層面，不夠清楚，也未被徹底瞭解——對未來和永恆真正重要的東西尚未被瞭解。

「從人類被創造至今，體內始終擁有一開始被創造出來的所有東西。第一個文明的神子以小粒子、或許是極小的微粒存於每個人裡面，這個小粒子可能看得到或感覺得到正在發生的事。當我在你面前過於魯莽地讓兒子陷入窘境時，這個粒子可能不由自主地有了反應，或許時機到了……瓦洛佳可能感受到體內蘊涵的知識。他做出來的結構——那隻火鳥——在外表和功能上都讓人非常驚嘆。」

「阿納絲塔夏，妳要知道妳在強人所難。妳叫兒子解釋或創造妳自己也不完全明白的東西。妳只是感覺祖傳家園有新的潛能，但瓦洛佳或許根本不知道妳的感覺。」

「我的感覺也在兒子裡面，弗拉狄米爾。」

我走在阿納絲塔夏後面，知道她不會在兒子面前假惺惺或沒來由地稱讚他，反而還有可能批評他。但我不會批評他，我下定決心找好話鼓勵他、稱讚他的努力。

我稍微落後阿納絲塔夏，等到走出泰加林時，我看到她站在雪松樹下，專注地遠遠看著岸邊的狀況。湖畔有數棵好幾百歲的雪松，瓦洛佳就在岸邊的沙子上做了不知為何的東西。一個簡單的正方形或長方形圍住了土丘，兩邊都被黏土牆包圍。角落的牆壁都是白色的，而且比較高。正方形內邊有池塘，池塘旁邊是他別出心裁的鳥，納絲芊卡則坐在正方形中央的沙子上——就這樣。我知道阿納絲塔夏不會稱讚瓦洛佳，沒什麼好稱讚的。鳥之前就做了，土丘也不是他想的，而他不是沒時間做房子或其他設施，就是他不知道該做在哪裡。老實說，那個正方形還有點奇怪。我對阿納絲塔夏說：

「瓦洛佳沒做什麼特別的東西，所以也沒什麼好批評的了。」

但阿納絲塔夏沒有回答，甚至沒有轉頭看我，她彷彿旁若無人似地專心研究那個正方形。

我走向兒子在弄的正方形，此時卻發生難以理解的怪事。我離家園模型只剩幾步時，我停下了腳步，沒辦法繼續往前走。我周圍的空間好像突然變了，看起來雖然沒變，但我感覺到……一種難以言喻卻熟悉、好像來自不同生命的愉悅感圍繞著整個空間，我的身體由裡而外暖和了起來。我不敢亂動，深怕這股暖流消失。我站在原地看著正方形的一個角落，那個角落有個有窗有門的白色小屋。

聽到阿納絲塔夏走近的聲音，我這才回神。瓦洛佳跪在地上用手抹平外牆，而阿納絲塔夏對他說：

「可以問你問題嗎，兒子？」我覺得阿納絲塔夏有點激動。

瓦洛佳起身走向阿納絲塔夏，向她微微鞠躬，然後回答：

「洗耳恭聽，媽媽。」

「你為『家』的概念找到了新的定義嗎？」

「我一直在找，媽媽。我最後認為人應該同時為自己和土地蓋房子，這樣彼此之間才會有無法分割的連結，在人和土地的空間之中合而為一。」

「跟我說說你的模型和它的功用，瓦洛佳，鉅細靡遺地告訴我。」

「好的，媽媽，我這就跟妳說。」

兒子開始解說，聽他講話時好像可以看到有圖標在模型上生動地呈現這座奇異的祖傳家園。

「這是家的入口，媽媽。」瓦洛佳指著牆上的開口。「不是位於路邊，而是位於樹林邊。」

「你要說的是這是整座祖傳家園的入口吧。」阿納絲塔夏指出。

「整座祖傳家園就是家，」瓦洛佳回答，「所以我才說這是家的入口。人如果腳上有黏東西，進來之前必須擦腳。就算沒有，也要在心裡這樣做。

「而這面牆，」瓦洛佳指著土地邊緣的溫室，「這是家裡面有生命的牆，裡面生長的植物會覺得很溫暖、開心。這面牆是黏土做的，陽光穿透上方的玻璃或爸爸說的透明塑膠膜使土牆升溫。白天土牆升溫，到了晚上天氣變涼時，牆壁會開始為裡面生長的一切釋放暖流。

「這面牆內有幾個房間，人會用到的各種園藝用品和工具都放在這裡。在這個空間內，媽媽，」瓦洛佳指著從家園周邊突出的橢圓形，「人冬天可以在這裡睡覺、吃東西。

「再來有個放木柴的隔間，在樹林旁邊有生命的牆的角落裡，有各種家裡的動物：雞、天鵝、山羊、小馬、刺蝟、孔雀和鴿子。牠們住的地方有兩個出口，一個面向樹林，一個面向家的空間。爸爸說他很常出門，沒有人可以照顧這些動物。爸爸覺得如果不能給動物足夠的關注和適時餵食牠們，就不應該養牠們。但我認為動物不用靠人餵食，這會貶低牠們。人應該為自己喜歡的動物創造舒適的棲息環境，讓牠們可以自己找東西吃，並在人需要時到人的身旁。我們的林間空地——我們的家——周圍住著各式各樣的動物，但牠們不需要我們餵食，反而樂意帶食物給我們。我覺得可以在祖傳家園為動物創造一樣的條件，尤其這又緊鄰著樹林。」

「這是可能的。」阿納絲塔夏意味深長地說，接著繼續問兒子問題：「瓦洛佳，緊鄰馬路的角落有兩間開小窗的房子，那是做什麼用的？」

「媽媽，那是我為爸爸設計的。我知道爸爸最美好的童年回憶是他小時候和爺爺奶奶住在一起的時候，他們住在屋頂鋪著稻稈的白色土屋。我仿效這間鄉間小屋砌牆。我想爸爸的家園如果有其他勾起人生美好回憶的元素，一定會很棒。」

我立刻轉頭看那白色的……開始仔細觀察。我認出那是我小時候的房子——屋頂鋪著稻稈的烏克蘭白色村舍，開了一扇小窗和門，旁邊還有老舊的小凳子。我想要衝過去抱抱兒子，但愉悅的感覺再度將我籠罩，使我無法動彈，只能開口表達：

「謝謝你，兒子。看起來真的很像，包括那扇小窗、小凳子和門。」

「童年小屋的門可以打開，爸爸。如果你把門打開，就會馬上進入家園中有屋頂的周邊，穿過之後想去哪裡都可以。

「還有爸爸，我在家園空間安排了各式各樣的植物，用它們做了必要的標誌。

「爸爸，春天和夏天時，你可以在溫室種你愛吃的所有作物，但除了你愛的蔬果以外，最好還能做些田畦，間隔不能超過十一公尺，直徑不要小於九十公分。你要在這些田畦種一些幼苗，像是醋栗和覆盆子。最好每一邊都至少種一棵小雪松樹苗，還有你從泰加林帶來的花草，而且最好不要泰加林外圍的花草，應該取自泰加林深處。」

「這太困難了，瓦洛佳。我是可以做到，但我希望其他很多建造祖傳家園的人也能做到，他們很多人沒辦法取得西伯利亞泰加林深處的植物。

「泰加林沒有鋪路，無法使用交通工具，光靠自己又拿不多，何況要帶回來還要經過長時間的運送，這樣要花不少錢。算一算從西伯利亞運過來的植物會比苗圃在當地或附近賣的植物貴很多。還有一句話是這樣講的：『海外的牛值四分之一戈比，但運費要一阿爾金。』你可以解釋為什麼要用泰加林深處的植物，不在當地的森林摘一摘，或附近的苗圃買一買就好了嗎？」

「這樣會是不同的植物，爸爸。畢竟你自己也跟我說過，像在這裡生長、可以生吃的乳菇，和你所謂俄羅斯中央地帶生長的乳菇就有天壤之別。越橘也不同；爸爸，醋栗和覆盆子也是。爸爸，你在書裡也提到有科學家證實這點，例如帕拉斯院士。」

「告訴我，瓦洛佳，之所以要在田畦種滿泰加林深處的植物，完全是因為口味嗎？」

「不完全是，爸爸。在你不得不住的世界裡有很多反智的資訊，但泰加林植物不會接受這些資訊。把這些植物種在周圍，可以阻止這些資訊穿越進入家園。在地植物，你所謂的本土植物比較習慣這些資訊，所以會讓它們穿過。特別是不會結籽的植物，是無法設下屏障抵擋資訊的。」

「我知道你在說哪種植物，那叫基因改造植物。」

「爸爸，重要的是，當家園把你帶到另一個地方的時候，家園的周圍要能夠阻擋你不需要且有敵意的資訊。」

我不懂兒子的意思，於是追問：

「帶到什麼地方？它要怎麼把我帶走？」

瓦洛佳還來不及回答，難以壓抑激動情緒的阿納絲塔夏便開口：

「你的想法真的很好，親愛的兒子，將正面的情緒集中在家園內非常重要。而且進來以前要擦腳，才不會把負面的情緒帶進來。」

31 先人燃燒的熱血

阿納絲塔夏握起我的手，我感到她柔軟手掌的舒適溫度。我感覺到她十分激動，於是看向她的臉龐。她看著家園模型的中央，我也往同個方向看，但那邊沒什麼特別的，除非她感興趣的是擺在中間的幾根白樹枝。她又問了兒子一個問題：

「告訴我，兒子，家園中間那個白色的圓圈代表什麼意思？」

「那是圓形的小溫室，」我代替起兒子解釋，「我和瓦洛佳一起決定的。我們用白色的樹枝代表透明的材質，例如玻璃或聚碳酸酯，也就是俗稱的塑膠膜。我們想了很久都不知道要把溫室蓋在哪裡，因為哪兒都不適合，但瓦洛佳現在把家園周圍都弄成溫室，我非常喜歡。不只是溫室，還可以同時當作圍籬，還有各種工具間。瓦洛佳又在中間弄了一個小圓形溫室，我也很喜歡。這現在就很適合，而且跟家園四周很協調。」

「我覺得中間那個不是溫室，弗拉狄米爾。」阿納絲塔夏依舊有點激動，輕聲對我說。

瓦洛佳聽到後，平靜地對我說：
「媽媽說得對，家園中間的白色樹枝不是溫室。」
「那是什麼？」我問兒子。
「爸爸，我在家園中間弄的是一圈鏡子水。」
「是鏡子，還是什麼？」我接著問。
「你這麼說也可以。有鏡子水的鏡子。」瓦洛佳冷靜地回答。
「哇，真有創意。你在家園中間稍微隆起的地方做了圓形的鏡子，雲在鏡中形成倒影，太陽和月亮可以欣賞自己的樣貌，陽光反射後照亮整座家園。我研究過這麼多景觀設計，從來沒有見過這種設計，真有創意。」
「你在鏡子周圍塞了紅色的樹葉，那代表什麼，瓦洛佳？」阿納絲塔夏很快地問。
「那是燃燒的火焰，媽媽。」
「用什麼燒的？」
「石油和天然氣，媽媽。」
聽完這個回答後，阿納絲塔夏稍微握緊我的手，繼續問兒子下一個問題：

「他們同意讓你點燃他們的血嗎，瓦洛佳？」

「對，我們先人的靈魂同意讓我點燃他們在地球上的血。如果他們不同意，我也不會想到現在這個點子。」

「或許我們不該打擾別人做重要的事了。」阿納絲塔夏的爺爺突然出聲，他的聲音聽起來也很激動。「畢竟你還沒把家園模型做完吧，瓦洛佳？」

「還沒做完，爺爺。」

「把它做完吧，沒有人會打擾你的。」

「對，把它做完吧，我們現在就離開。」阿納絲塔夏接著說，然後帶我遠離令人驚艷的祖傳家園設計。她後來坐在一棵大雪松的樹幹上，我問道：

「阿納絲塔夏，我覺得妳剛有點激動，對吧？」

「對，弗拉狄米爾，我很激動。兒子做的很多東西都是現在世上沒有的，宇宙間也沒有相關的資訊。他在家園中間做的東西——你說很美、很有創意。但不是用這些字形容，這些字不足以形容他創造出來的東西。瓦洛佳向我們介紹的結構是一種設施，這個設施的核心具有前所未有的力量、一種自然的機制。我感覺得到，但找不到確切的字描述，這種字可能還不存在。對於這個裝置的潛能——前所未有的潛能，我們只能猜測。但請不要催我，弗拉狄米爾，給我時間慢慢明白我看到的東西。」

32 地球最初文明的禮物

「我推測，如果把這個祖傳家園計畫的所有細節放在一起，會是一個統合的整體，或許這座家園就是一個生物設施或機制，或我們從未想過的東西。我們需要好好思考、解謎。你的長橢圓形一公頃土地四周是有黏土牆的土丘，上面覆蓋某種透明的材料，裡面種滿了各種植物，這其中一定有什麼意義。」

「瓦洛佳說可以種一般的植物和蔬菜，像是番茄、黃瓜、各種葉菜，反正想吃什麼就種什麼。但菜畦的間隔不能大於十一公尺，直徑應為九十公分。菜畦上必須種取自泰加林深處的植物，因為這些植物才不會讓反智的資訊滲透進來，他是這麼說的。」

「對，這樣才不會滲透進來。所以說，四周就像一層膜一樣。」

「膜做什麼用？」

「保障裡面所有的一切。四周的溫室裡有人生存和打理生活所需的一切空間，看起來美麗又合理。幾年後就不再需要透明的圓頂了，底下成長茁壯的植物才是重點。我們的兒子追求了一個非比尋常的目標，他用我們想得到的最強圍籬保護家園空間，將反世界、反智的有害影響隔絕在外。這道圍籬的重點不是黏土牆或透明圓頂，而是裡面生長的植物。這些植物本身就能發揮了心理上的作用，使你體內對立的能量立刻平衡。」

「植物怎麼讓我體內對立的能量平衡？這是什麼秘術或魔法了吧。」

「不是什麼秘術或魔法，弗拉狄米爾，這是科學，你所謂的心理學。你想像一下，你開車到你的家園，從遠處看見你小時候住過的白牆小屋時，心中會立刻激起正面的情緒。接著你下車擦腳，再次在心理上清除你自身負面的資訊。大門在你面前開啟，映入眼簾的是祖傳家園生機盎然的壯麗空間，你每次都為此感到驚喜。不像沒有生命的圖畫，這片景色總是千變萬化。花圃和樹上有新開的花，光線玩起新的遊戲，而花兒在風中搖曳總是讓你神往。接著你想看看圍籬裡有什麼新鮮事，於是你走到裡面，多采多姿的生機和乙太讓你完全遠離反世界的負面資訊。」

「是啊，這樣的確很棒。家園還能成為我的私人心理師，非常有效的那種。妳說得對，阿納絲塔夏，甚至是我每隔三四天回鄉間小屋時，都會很想看看花園、菜圃和溫室有什麼改變。

「鄉間小屋當然不能和妳說的家園相比，家園有效多了。池畔這麼一隻鳥就有如此博大精深的意義，能想出這種設計真是了不起。一開始只是一間普通的澡堂，最後竟然變成這麼厲害且功能豐富的雕塑。現在我還知道它對心理會有很大的影響。」

「一定會的，弗拉狄米爾。你一踏進家門，這隻鳥就會迎接你。你點火進去裡面溫暖身心時，鳥也會迎接你。」

「告訴我，阿納絲塔夏，為什麼瓦洛佳在告訴妳有關家園中央的鏡子結構時，妳表現得一副驚覺或受驚嚇的樣子？」

「你兒時的白牆小屋、位於四周有生命的溫室、想把人類帶向天空且有顆燃燒的心的土製鳥兒……這些或許都是比較完美的類比……中央的鏡子，反映出天體……」

阿納絲塔夏起身，清晰地講出每一個字，就像她每次要講重點時那樣。她說：

「弗拉狄米爾，我們的兒子創造了一個模型……他做出了一艘生物星際艦。」

「什麼？？？」我驚訝道，「妳確定嗎，阿納絲塔夏？」

「對，我確定，或許應該用別的詞稱呼，但我現在還想不到。我確定我們看到的這個東西，它的用途是傳送空間和空間裡的人。

「運用這些設計元素建造祖傳家園的人，絕對可以在另一個星球上建立自己的世界，而這個世界會很美。

「家園的中央是這個設施的一部分，可以用來將空間和空間裡的所有東西傳送（瞬間移動、轉移）到其他星球、到其他世界。部分的……在哪裡……我知道了，弗拉狄米爾。我們眼前的不只是美麗祖傳家園的模型，也是一艘完美的星際艦模型，移動的速度和思想一樣快，能在一瞬間到達月球、火星和木星。

「距離對它而言完全沒有影響，一公尺或數百萬光年的距離都能在相同的時間內抵達，它可以將人帶到太陽系內外的任何星球上。」

「阿納絲塔夏，可是科學家已經證實其他星球上沒有生命，至少離我們最近的星球沒有。」

「弗拉狄米爾，所以我才說空間和空間裡的所有東西都能瞬間移動，包括空間中所有生命的生存環境。換句話說，這座家園可以被傳送過去；但更具體來說，是在其他星球上複製這座家園。」

「那住在家園的人呢？也會被傳到其他星球嗎？」

「傳送時如果人在家園內，也可以一起傳過去。」

「但如果其他星球沒有肥沃的土壤，或溫度高達三百度或低到負一百度呢？」

「空間被傳送時，那顆星球上會發生類似爆炸的事件，這樣的結果會確保新空間的存在。」

33 傳送空間

「這是不可思議的資訊，阿納絲塔夏。人類擁有這樣的能力實在令人難以置信，還是說妳推論錯了？」

「這已經不是推論了，弗拉狄米爾，我完全不會錯的。之前宇宙間還沒有這個資訊，但現在出現了。不過最重要的是，你、我和每個人體內第一個人類文明的粒子都會接受這個資訊。」

「妳知道嗎，阿納絲塔夏，我這才理解到『使生活環境變得完美』這九個字的宇宙法則有多厲害，原來人可以完善環境到那樣的程度，使自己變成神。我的意思是說，人可以到達尚未開發的其他星球創造生命，如同神在地球上做的那樣。」

「弗拉狄米爾，人永遠不會變成神，每個人都是神的兒子或女兒。身為造物者和天父的神希望孩子比祂更完美，而且他們一定會的，一定會的！只要內在平衡反智和理智就能做到。」

「這才算是真正的科學進步，他會為人類開啟全新的時代。」祖父的聲音傳來，他悄悄地出現在我們身後。

阿納絲塔夏起身，滿頭灰髮但站姿依舊挺直的祖父拄著手杖，若有所思地望向泰加林湖岸。

「爺爺，你是在說瓦洛佳的設計嗎？」阿納絲塔夏問祖父。

「頓悟正在到來，還有什麼好說的呢？他或他們——並不重要——把流傳數千年至今彌賽亞生動的教導和科學泰斗的學說變成不相連貫的囈語，展示了住在地球上人類的潛力，創造了一個新的人類意象。或者說，他將先前稱為神子的人類召喚了回來。他們能像神一樣，在沒有生命的星球上創造比地球生命更美的生命。」

「大家會很難相信的。」我告訴祖父。

「不相信的人會如何？不相信自己能力的人會剩下什麼？只剩出生可言？對！但出生後能做什麼呢？生活沒有意義，就只剩下死亡。到頭來還是同個問題：出生後能做什麼呢？

「數百萬年來流傳過很多教理，始終都在講同一件事，讓人認為他們應該活在從某人得到什麼的期待之中。人類照做後關閉了自己的思想和理智，不再思考宇宙為何、為了什麼在人類的上空點亮眾星。」

「現在呢？我們的兒子會變成彌賽亞嗎？」阿納絲塔夏難過地問。「他會很難抵抗高傲，反智還會衝向他。」

大夥兒突然沉默，不約而同地望向家園模型。瓦洛佳正好走向我們，冷靜而自信的樣子。他抱著納絲芊卡，納絲芊卡勾住他的脖子，臉頰貼著臉頰。他在我們面前幾步的距離停下，把納絲芊卡放在地上，向我們鞠躬後說：

「媽媽，別擔心。媽媽，我知道如果我變成彌賽亞，大家都會把他們帶著希望的思想放在我身上，這樣他們就不會完全把心思放在創造上。」

「你決定要做什麼，瓦洛佳？」阿納絲塔夏問兒子。

「我必須離開。我會消散在人群中，變得微不足道，媽媽。」

話說完後，瓦洛佳一一注視我們的眼睛。我突然覺得他打算永遠離開，所以當他看著我時，我說：

「謝謝你，親愛的兒子，謝謝你想出如此不平凡又美麗的祖傳家園設計，這會是我最棒的六十歲生日禮物。不，這是我六十年以來收過最棒的禮物。」

「爸爸，這個設計不只是送你的禮物，也要送給你的所有讀者，想要的人都可以拿走。」

「讓它成為給所有人的禮物吧，同時也是給我的。」

「爸爸，我要另外送你一個禮物。」

說完後，瓦洛佳將手伸進衣服，把東西拿出來後向我伸手。我看著他謹慎而緩慢地攤開手心。但當他攤開手心時，手上沒有任何東西。我先後看著祖父和阿納絲塔夏，希望他們解釋兒子的這個舉動，還有我該如何回應，但他們都沉默以對。

「拿去吧，爸爸，這是我給你的禮物。」瓦洛佳重複說道。

我依舊站著不動，不明白要怎麼拿看不到的東西。這時納絲芊卡忽然靠了過來，牽起我的手走向瓦洛佳。我走近後伸出手來，他則小心地把看不見的東西放在我的手上。

這個無形的東西不停跳動，使我的手感到微微的暖意。我闔起手把禮物放進衣服裡與瓦洛佳一模一樣的地方。我的全身被一種輕柔而難以言喻的暖流籠罩。

「它會住在你的家裡，爸爸。建造家園的周圍時，你可以要求它散佈在整個空間中。」

瓦洛佳向所有人深深鞠躬，轉頭踏著自信的步伐離開，接著忽然消失在矮樹叢後，或者說在空中蒸發了。我們所有人站在原地，彷彿出了神一般；他剛才——一直視我們時，還有他離開時，我們所有人就只用目光靜靜地看著他。後來我說：

「阿納絲塔夏，我覺得我們的兒子永遠離開我們了。」

我沒有聽到回應，於是轉頭看向阿納絲塔夏。她正望著瓦洛佳離開的方向，全身都在發抖，一道細細的鮮血從她的下唇流了下來。她緊咬著下唇忍住不叫出聲。我懂了，這表示反智會緊咬著兒子不放，當然也不會放過阿納絲塔夏和我。我看到阿納絲塔夏握緊拳頭，而泰加林毫無動靜。此時傳來了聽起來像是龐然大物製造的不明轟隆聲，讓我覺得整個巨大的空間正在壓縮；只要釋放開來，可能會抹去大地上的一切。

我親眼看過這種現象，一次是我違背阿納絲塔夏的意願、企圖佔有她時失去了意識，另一次是因為她不讓我撫養兒子，而我企圖拿樹枝打她。每當一有這種情況，阿納絲塔夏都會舉手，做出類似向某人招手的動作，使萬物平靜下來、不發出任何聲響。但這次聲音越來越大，她卻沒有舉手。我反倒不希望她舉手，任由無形且強大的轟隆聲除去大地上累積的所有汙穢。

但阿納絲塔夏舉起了手，整個空間漸漸平靜下來。

離開泰加林前，我又到了湖畔一趟，一個人站在那邊看著兒子製作的家園模型，想像這個模型已經在我雜草叢生的一公頃土地上落實成真。就在這裡，我開著車，看到快樂兒時記憶中有小窗戶的兩道白牆，大門自動敞開，映入眼簾的是生機盎然的景色。我把車開到入口，等一下！我在做什麼？我怎能開著轟隆隆的車子穿越如此秀麗的地方！穿越我自己的家！後退！

我把車停在入口。大門敞開，我擦起鞋子，試圖清掉另一個世界在鞋底留下的髒汙。後來我把鞋子脫掉放在入口，赤腳走在我的美麗世界中。我走到天鵝戲水的池塘，旁邊有小狗小貓在奔跑，遠處的角落有隻公雞以啼叫歡迎我，另一個角落則有隻小羊咩咩叫。池畔的沙子上，我的孫子孫女和曾孫們正在為自己的祖傳家園蓋模型。美貌不隨時間逝去的心愛女人從花園走了出來，露出微笑，揮手與我打招呼。

天色漸暗，夜空開始出現星星，橢圓形空間的所有窗戶透出開心的光線。溫室內的燈會亮起，讓星星看到裡面生長中的偉大生機。星星會這麼想：「地球上有個很不平凡的小光點，面積不過一公頃，散發的光線卻能輕撫我們。」星星尚不知道地球上很快就會出現更多這樣的光點，全地球會散發幸福的光線，輕撫浩瀚的宇宙。

我下定決心要讓兒子製作的模型成真。我的一公頃土地沒有肥沃的土讓、春天積水要很久才會退光，但說不定我得到這塊土地是件好事。我要接受這塊土地，讓土壤肥沃到樹和花都能在花園中綻放生機。我要讓這個地方的居住環境變得完美。

34 給兒子的信

親愛的瓦洛佳：

我不知道你如今身在何處，所以決定透過我的書寫信給你。我偶爾會寫信給你，但不知道要寄到哪裡，所以放在書裡，我想你應該看得到。書本可以流傳各國，彷彿有生命般地找到很多讀者，說不定也能找到你。

二〇〇九年九月，我按照你的設計著手建造起祖傳家園。我不知道誰會住在那裡，或許是你，不過納絲芊卡長大後也可以住。總有一天不會再有反智的代表阻礙像你一樣的人，而且這一天很快就會到來。說不定我的孫女或曾孫女們也想住在這裡。我感覺有種迫切的需要，非得落實你的計畫不可。

我用拖拉機犁土後親手播種黑麥，鄰居也來幫忙了。我用挖土機沿著四周堆出土丘，高一公尺，寬一點五公尺。我今年還來不及砌黏土牆，就開始下雨變冷了，等到明年春天再做吧。不過就光我今年所做的，已經讓土地有了很大的變化—只有我的這塊地周圍有土丘，而黑麥已經長出，取代了先前雜草叢生的景象。我甚至覺得它和附近的土地比起來太搶眼了。

我今年還挖了一座直徑三十公尺的池塘，春天就會注滿水。

我也買了各種果樹苗，暫時先種在鄉間小屋旁，打算明年秋天再移到家園。

到了冬天我得決定怎麼做出你的火鳥。我覺得用泥土做火鳥應該不是大問題，但不知道要怎麼燒它才不會被雨沖掉。況且火鳥有三公尺高，翅膀甚至有十二公尺。不過我後來想到，用泥土做出火鳥後鋸成幾段拿去工廠燒，再運回家園的池邊組裝就好了。

我把你的設計拿給朋友看。我只畫了一個膠囊形狀的土屋和裡面的火，解釋人在裡面可以溫暖身體、治療疾病，或者和朋友坐在室外、火的旁邊，就像坐在室內壁爐旁那樣。他們看了之後也想在自己的家做類似的東西，你能想像當他們發現這不只是一個溫暖身體、治療疾病的房間，同時也是一隻有顆燃燒的心的美麗鳥兒時會有多驚喜嗎？

你究竟怎麼想出如此美妙的設計的？

阿納絲塔夏覺得是地球第一個文明的人在幫你，如果真是這樣，為什麼他們不幫所有打算建造祖傳家園的人呢？不過換個角度想想，既然你都把自己的設計送給所有讀者了，表示第一個文明的人也幫到了大家。

還有，瓦洛佳，你媽媽說你的祖傳家園設計是個給人類偉大又美好的信息，來自當代人不知道的某種文明。不管來自不同的星球或不同的時空都不重要，重要的是它以實際的語言與當代人有了交流。當代社會正要迎接最棒又最美好的轉變。

你媽媽當初在講這些話時，我還無法完全感覺到重要性，但仔細思考了一番後，我才相信她說得完全沒錯。你知道嗎，瓦洛佳，社會上很喜歡談論幽浮、外星訪客。這還有一堆各式各樣的著作，看似出自偉大的學者之手，但這有帶來實質的結果嗎？

完全沒變，人類一步一步邁向悲慘的終點，未來一樣會走在這條路上。我的腦中甚至浮現一個畫面：

大家走在路上，一個穿著古怪的人站在路邊。他似乎想要凸顯自己異於常人，於是大喊：

「我是外星人，我是外星人，我是強大力量的代表。」

「所以呢？」其他人對他說，「你能給我們什麼？如果你是強大力量的代表，那就解決地球的毒品、嫖妓和戰爭問題，還有消除所有疾病給我們看。」

「你們不明白，我是外星人……」

但他沒有引起眾人的興趣，只有一個人走向他。

「如果你是強大的外星人，給我一百元讓我買瓶伏特加對你應該沒有損失吧？」

他回答：

「我是強大的外星人，你們都要聽我的話，給我吃給我住，甚至百般討好我才對。」

大概所有「外星人」來到地球都是這樣。

但你的設計完全不是這樣，瓦洛佳。

你沒說自己是誰，沒有要求什麼，只是告訴大家：「看一下吧，喜歡的話就拿，然後要開心。」

你離開時，瓦洛佳，媽媽花了很多時間很認真地觀察你的家園模型。

她說那很不平凡、很美麗、有很多功能，不是一個簡單的家園。所有細節緊緊相扣，結合起來變成一個名符其實的星際生物性設施，能在一瞬間將人和周遭的居住環境移到其他星球上。

這個設施有個堅不可摧的天然膜圍住了家園，而火鳥身上有清除病毒的程式。植物的分布和種類對住在設施內的人成了永久維生的要素，有鏡子水的那個物件肯定就是啟動這個生物性程式的開關。

這個設施的推進系統在動力上無人能及，超越了移動速度等任何定義，因為它的核心是中間沒有經過媒介的人類思想。她說得對嗎？

阿納絲塔夏也說，技術治理的所有發明都有生物性的對應，或者反過來說比較正確，而這個生物性的對應更完美。從太空探索和電腦科技成就的角度來看，就知道你所做的每個細節都有意義。我想身為程式設計師的讀者應該更能理解你的設計。

但有一個問題始終困擾著我，瓦洛佳。四周是一層膜，火鳥是負責清理的防毒程式，中間有火炬的鏡子是啟動鈕，這些我都會做，別人說不定也會，但沒有說明書教大家怎麼使用。所有裝置都會附說明書，以免使用者弄壞或受傷。這是非常重要的生物科技，卻沒有說明書。難保不會有人不小心按到啟動鈕，他的家人起床時驚覺自己在其他星球上，想回來時卻不知道怎麼回來。

我買了一面八邊鏡和幾根火炬，傍晚時把鏡子放在鄉間小屋的地上，周圍點起火炬，看起來的確很美，但我覺得秋天在花園這樣做並不安全。我把水倒在鏡子上時，感覺樹木都在試著醒來，但它們不應該在晚秋時醒來。

很可惜我當時無法和你再多聊一點，瓦洛佳。我想請你解釋這個設施的用途、目的和使用方式，這樣讀者或許就能明白，我以後把它放在土地上時也能理解。

我明年應該沒有辦法在家園四周建造溫室了，我的錢不夠做所有東西，我在美國那兒幾乎沒有拿到稿費。

基本上，我不曉得那兒發生了什麼事。他們擅自修改我的書，英文版網域名稱「鳴響雪松」也有人註冊了。你能想像嗎，那裡甚至還有「弗拉狄米爾‧米格烈」這個網域名稱和網站，冒充我的官方網站，但我和它一點關係都沒有。波琳娜原本想以我的姓名註冊商標，但他們要價六千美元。

這其實沒什麼大不了的，我只是替讀者感到遺憾。他們在這些網站上都說了什麼？用那些商標賣了什麼產品？我要怎麼明白來龍去脈？我哪有時間弄明白？

但我決定在新書裡提出網站名稱，讓讀者可以在上面直接與波琳娜互動。我會請波琳娜以英文出版我的新書，只是我還不曉得在英語國家要找誰出版。

我還有一個問題，瓦洛佳，我們必須對各國當權者做出簡潔明瞭的呼籲，目標是號召他們個個採取強而有力的措施，使地球上的居住環境變得完美。我動筆寫了好幾個版本，但始終覺得還能更簡明扼要、更有說服力。以下是我寫的最新版本，或許還行？你覺得呢？

呼籲

各位先生女士，我寫了一套名為《俄羅斯的鳴響雪松》的叢書，不同年齡、國籍、宗教信仰和社會地位的許多讀者都在為家人取得一公頃的土地，並在這些土地建造自己的祖傳家園，其中不乏博士候選人和博士，也有一般勞工。九成的人擁有高等學歷或人生歷練豐富。每個家庭、個人或群體都在為自己、孩子和後代建立各方面都適合居住的環境。俄羅斯和前蘇聯國家已有超過一千五百座由祖傳家園組成的聚落，而且這些人沒有拿政府的任何補助。其中有多達三百個家庭的大型聚落，也有十至十五個家庭組成的小型聚落。

在出版《俄羅斯的鳴響雪松》叢書的其他國家內，我不曉得有多少人以小團體或個人為主的形式在做同樣的事，但他們確實存在，而且人數穩定成長。

各位先生女士，全世界都在熱烈討論改善地球生態的必要性，這在某些地區已經成了燙手山芋，星球浩劫迫在眉睫。各國政府、聯合國和社會團體幾年來召開了數場大會和研討會，但我們有看到任何實質結果嗎？地球生態依舊持續惡化。

唯一真正付出行動的只有建造祖傳家園的人、只有努力改善人類居住環境的人。

各位先生女士，我不是請求各位討論拙作或我本人的優缺點，我想請各位以理智的角度審視書中的構想。如果您在現代科學中找不到更有效的方法，請您不妨試著認識並接受書中構想的本質吧。

我其實不知道這個呼籲具體要寫給誰看。

我還想提出一個我常在思索的重要問題，我想試著找出解決的辦法。問題是這樣的，瓦洛佳，有鑑於你的生命觀和對存在本質的理解，你恐怕很難找到懂你的女孩當你的新娘。

你或許已經知道很多女孩從小的願望就是當演員、當模特兒，或是嫁給有錢人，出外有渡假村住，家裡有女傭使喚。如果你對這樣的女孩一見傾心，而她沒讀過我的書、沒聽過祖傳家園——畢竟愛難以預料——你千萬不要馬上和她討論家園，她不會明白的。既然我要照你的計畫建造家園，你到時可以先把這個女孩帶到這裡看看。接近祖傳家園時，你再告訴她這是你的，然後帶她進去，走進白色小屋的門。鑰匙會一直放在奶奶以前放的地方。你要帶她參觀裡面的一切。

阿納絲塔夏說過，當女人看到比自己住的地方還要完美的居住環境時，內心想生小孩的渴望就會立刻甦醒，也會對與這個環境有連結的男人產生好感。

瓦洛佳，如果你在女孩心中感受到這份渴望，就可以肯定她會愛上你，過去那些無意義的愛慕都會離她遠去。

瓦洛佳，你的小妹納絲芊卡常到你的模型裡玩耍、種小花圃。阿納絲塔夏說她擁有熱切的思想，也跟我說過她過去名叫阿納絲塔的人生。

先寫到這裡吧，雖然想說的還沒說完，但信有點長了。

一切小心，好好照顧自己，瓦洛佳。

愛你的爸爸

293-294頁的火鳥澡堂位於吉爾吉斯共和國的一個祖傳家園，295-296頁則位於斯洛伐克。這兩個家庭皆體會到黏土澡堂帶給身心的正面效果，他們都說在澡堂裡的感覺非常愉悅。但因他們設法用天然的方式建造，目前黏土上層的表面會因氣候因素而受損，仍須尋找更長久有效又天然的方式保護上層表面的黏土。

阿納絲塔和長毛象

阿納絲塔夏與母熊

繪圖：Ema Nosaczynská（www.deviantart.com/riavacornelia）

阿納絲塔

瓦洛佳的創造

火鳥

298-300 頁繪圖：Kumar Alzhanov

弗拉狄米爾・米格烈致各位讀者

目前網路上有許多網頁內容，主要在宣揚與《鳴響雪松》系列主角阿納絲塔夏類似的思想。其中不少網站冒用我的姓名「弗拉狄米爾・米格烈」（Vladimir Megre），聲稱自己是官方網站，並以我的名義回覆讀者來信。

就此我認為有必要告知各位敬愛的讀者，我決定自己設立國際官方網站www.vmegre.com。這是唯一的官方窗口，負責接收來自世界各地、不同語言地區的讀者來信。只要您訂閱此網站內容，並註冊為會員，就能收到日後舉行讀者見面會的日期與地點，以及其他相關訊息。

我們網站將為各位敬愛的讀者統一發佈《鳴響雪松》在世界各地的最新消息。

弗拉狄米爾・米格烈敬上

《阿納絲塔》為《鳴響雪松》系列書的第十集。此系列書共有十集，作者至今仍持續寫作。

作者在俄國和其他許多國家舉辦讀者見面會和記者會。《鳴響雪松》系列書的讀者展現了他們的行動力，在各地成立對外公開的組織，其中一項主要的目標是創建祖傳家園。二〇一〇年作者的第十本書《阿納絲塔》發行了。目前他計劃以這一系列書來編寫劇本。

一九九六年至二〇一〇年間，弗拉狄米爾·米格烈一共寫了十本書（《鳴響雪松》系列書：《阿納絲塔夏》、《俄羅斯的鳴響雪松》、《愛的空間》、《共同的創造》、《我們到底是誰？》、《家族之書》、《生命的能量》、《新的文明》、《愛的儀式》、《阿納絲塔》）。至今這一系列書在世界各地銷售超過兩千萬本，翻譯成約二十種語言。米格烈於一九九九年在弗拉基米爾城設立阿納絲塔夏文創基金會，網址為www.anastasia.ru。

作者：弗拉狄米爾·米格烈

原著語言：俄文

第一集《阿納絲塔夏》
第二集《俄羅斯的鳴響雪松》
第三集《愛的空間》
第四集《共同的創造》
第五集《我們到底是誰？》
第六集《家族之書》
第七集《生命的能量》
第八之一集《新的文明》
第八之二集《愛的儀式》
第十集《阿納絲塔》

根據作者的想法，其中第九集為讀者自行依照書中構想，撰寫給自己與後代的家族之書。

鳴響雪松 *10* Анаста

阿納絲塔

作者	弗拉狄米爾・米格烈（Vladimir Megre©）
譯者	王上豪
編輯	郭紋汎
封面設計	斐類設計
校對	郭紋汎、戴綺薇
書名字體設計	陳人瑋
排版	李秀菊
出版發行	拾光雪松出版有限公司
網址	www.CedarRay.com
書籍訂購請洽	office@cedarray.com
總經銷	紅螞蟻圖書有限公司
地址	台北市114內湖區舊宗路2段121巷19號
電話	02-27953656
初版一刷	2020年02月
初版二刷	2022年03月
定價	350元
原著書名	Анаста
	弗拉狄米爾・米格烈2010年於俄羅斯初版
網址	www.vmegre.com
郵政信箱	630121俄羅斯新西伯利亞郵政信箱44
電話	+7 (913) 383 0575 (WhatsApp, Viber)
電子郵件	ringingcedars@megre.ru
生態導覽與產品	www.megrellc.com

國家圖書館出版品預行編目資料

阿納絲塔／弗拉狄米爾・米格烈（Vladimir Megre）著；
王上豪譯. -- 初版. -- 高雄市：拾光雪松, 2020.02
304面；12.8×19公分. --（鳴響雪松；10）
譯自：Анаста
ISBN 978-986-97891-0-3（平裝）

880.6 108023211